齐鲁文化
研究文库

儒墨之异同

王桐龄

著

图书在版编目（CIP）数据

儒墨之异同 / 王桐龄著 . —济南 : 山东文艺出版社，
2018.7
（齐鲁文化研究文库）
ISBN 978-7-5329-5646-3

Ⅰ . ①儒⋯ Ⅱ . ①王⋯ Ⅲ . ①儒家—比较研究—墨家
Ⅳ . ① B222.05 ② B224.05

中国版本图书馆 CIP 数据核字（2018）第 098299 号

责任编辑：冯　晖
装帧设计：刘小军

儒墨之异同

王桐龄　著

主管单位	山东出版传媒股份有限公司	
出版发行	山东文艺出版社	
社　　址	山东省济南市英雄山路 189 号	
邮　　编	250002	
网　　址	www.sdwypress.com	

读者服务	0531-82098776（总编室）	
	0531-82098775（市场营销部）	
电子邮箱	sdwy@sdpress.com.cn	

印　　刷	山东临沂新华印刷物流集团有限责任公司	
开　　本	890 毫米 × 1240 毫米　1/32	
印　　张	7.75	
字　　数	186 千	
版　　次	2018 年 7 月第 1 版	
印　　次	2018 年 7 月第 1 次印刷	
书　　号	ISBN 978-7-5329-5646-3	
定　　价	58.00 元	

齐鲁文化研究文库

出版说明

　　《齐鲁文化研究文库》从文化与学术两方面，精选了二十世纪以来历代学人对于齐鲁文化的研究成果，重印出版。"文库"所收之书，均为当时最能代表齐鲁文化研究水平的著作：或为一领域之集成之作；或其学说能成一家之言；或其在当时条件下于文化、学术方面有所创新、突破，而在今日看来亦能有益学林者，概均以其能反映当时文化与学术之面貌为准则。

　　民国时代，处中西文化、学术相碰撞与交融之时代，也是中国学术转型之滥觞；民国学人，学为通学，兼及中、西，为文渐脱清代考据之风，而汪洋恣肆、信手拈来。文意顺畅、思想通达，但以今日标准观之，于编校处问题亦多，为保其原貌，便于研读，在编辑整理中拟遵循以下之准则。

　　一、所收之书，原版均为繁体竖排，此次出版均改为简体横排。

二、文字繁转简及标点符号使用，均按现代汉语使用规范处理。

三、为充分尊重原著，书中原有之人名、地名、书名等，凡不影响阅读之处，对原文一仍其旧，不作改动。

四、原著中所引之文献，多有不注出处或省略更改者，但为保其原貌，倘不失原意，均以原版文献呈现，不以今本或其他底本为据修改。如确需校改者，则以"编者注"形式说明。

五、凡属原著排印错误，或系作者笔误，均做修改，但不出校记。

六、原书因书页残缺、字迹模糊等原因而不可识者，所缺字数用"□"表示；字数难以确定者，则用"（下缺）"表示。

我们虽竭力而为，但疏漏谬误，在所难免，望方家不吝指正。

目　录

凡例

一、儒家学说之引用文字，根据四书五经。墨家学说之引用文字，根据《墨子》五十三篇。

二、五经之中：《春秋》经孔子手订，《礼记》为后儒纂辑，《周易》之《彖》《系》《象》《说卦》《文言》亦多后儒纂辑，当然属于儒教系统。《诗》《书》二经为古来流传之著作，四书常引用之，《墨子》五十三篇中亦常引用之，当然不专属于儒教系统。但《诗》《书》曾经孔子删定，四书所引用者多现存之《诗》《书》，《墨子》所引用者多逸诗逸书；兹假定以现存之《诗》《书》属于儒教系统，引用其文字以证明儒家学说。

三、《伪古文尚书》五十八篇中，有二十五篇为后人著作。但其书仍系汉魏晋时代儒者学说，故引用之时，仍列诸儒家学说内。

四、《孝经》为后儒纂辑，《左传》《公羊传》《史记》《汉书》等书皆后儒著作。本编引用其文字以证明儒家学说。

五、《荀子》《论衡》《孔丛子》《孔子家语》等书，其著作者皆承袭儒家系统。本编引用其议论以证明儒家学说。

六、汉人董仲舒、唐人韩愈，皆为后代名儒。本编引用其著作以证明儒家学说。

七、晋人陶潜、唐人李商隐，一为高士，一为诗人，皆不以儒家著名也。然二人生平既不属于他种学派，亦未信奉他种宗教，故从消极的方面认定二人为儒生。引用其诗文以证明儒家学说。

八、晋人鲁胜，唐儒韩愈，清儒毕沅、汪中，近人孙诒让，今人梁启超，皆于墨学绰有研究，多所发明。本编时常引用其著作以阐明墨家学说。

九、《庄子》《吕氏春秋》《韩非子》等书，其著作年代约在战国末年；《淮南子》之著作年代约在前汉中年，去孔子、孟子、墨子之年代未远，其著作者又非直接承袭孔墨系统，对于儒墨二家学说多不为左右袒，议论颇能持平。本编杂引其学说以证明儒墨二家事迹。

十、墨子之学说与西洋古代学说及现代学说颇有类似之处。本编杂引《旧约全书》《新约全书》，赫胥黎《天演论》，达尔文《进化论》，卢梭《民约论》，斯密·亚当《原富论》，约翰·弥勒《功利学说》等书以与墨子学说对照，证明墨学之价值。

　　十一、唐张说《虬髯客传》，杨巨源《红线传》，薛调《刘无双传》，段成式《剑侠传》，元施耐庵、罗贯中《水浒传》等书，皆小说体裁，本不成为学说也。然其中所述之理想的人物与事实，为当时社会背影。本编引用其议论，以证明墨学虽中绝，而墨学之理想犹潜藏隐伏于后人脑筋中，固未尝完全消灭。

　　十二、第七章以后，结论以前，本欲加入"儒墨学说及于后世之影响""儒墨学说与当代思潮之关系"二章。因搜集材料甚难，姑且从略，俟后再版时陆续补入。

第一章
序论
孔墨降生之地
孔墨降生之时代

　　春秋战国之交，为我国学术思想勃兴时代。其中最有势力风靡一世者有三派：曰孔学，曰老学，曰墨学。孔墨崇实际，老派崇虚想。孔墨主力行，老派主无为。孔墨贵人事，老派贵出世。孔墨主勉强，老派明自然。孔墨主干涉，老派主放任。故孔墨二派精神常一致，而与老派相较，精神则截然不同。

　　孔子、墨子，俱生于黄河下流流域，弱小而有礼义，且家世华贵之国。孔子为宋之公族，生于鲁，长于鲁，以仕于鲁（据《史记·孔子世家》）。墨子之诞生地未详。说者或谓为生于鲁（据《吕氏春秋·仲春纪第二·当染》篇高诱注，及《慎大览第三·慎大》篇与《墨子·贵义》篇，所推定），仕于宋（据《史记·孟子荀卿列传》《汉书·艺文志》）。或谓为生于宋（据《墨子间诂》，引葛洪《神仙传》《通志·氏族略》，引《元和姓纂》），居于鲁（据《墨子·贵义》《鲁问》二篇、《吕氏春秋·开春论第一·爱类》篇、《淮南子·修务训》）。总之对于宋鲁二国，有特别因缘关系者也。

孔子、墨子俱生于封建末叶，战争剧烈，弱肉强食之时。孔子生于春秋中叶以后，卒于春秋末年（西历纪元前五五一年至四七九年）。墨子生于战国以前，卒于战国中年（约在西历纪元前四六八年至三七六年之间，即自周贞定王元年至安王二十六年）。目击夫民生憔悴、战祸因循，故皆以止战息兵安民为目的，以力行为手段。《孟子》曰："孔子三月无君，则皇皇如也，出疆必载质。"（《孟子·滕文公下》）又曰："墨子兼爱，摩顶、放踵、利天下为之。"（《孟子·尽心上》）盖二圣降生之时，虽有后先，而其利人济世之精神则一也。

战国中叶以后，孔墨二派最盛，几乎中分中国思想界，学者多并举而称道之。

《孟子》曰："逃墨必归于杨，逃杨必归于儒。"（同《尽心下》）

《韩非子》曰："世之显学，儒墨也。儒之所至，孔丘也。墨之所至，墨翟也。"（《显学第五十》）

《吕氏春秋》曰："此二士者，无爵位以显人，无赏禄以利人，举天下之显荣者，必称此二士也。皆死久矣，从属弥众，弟子弥丰，充满天下，王公大人从而显之。有爱子弟

者，随而学焉，无时乏绝。"（《仲春纪第二·当染》篇）

又曰："孔席不暇暖，墨突不得黔。"

《淮南子》曰："孔丘、墨翟，修先圣之术，通六艺之论，口道其言，身行其志，慕义从风，而为之服役者不过数十人。使居天子之位，则天下遍为儒墨矣。"（《主术训》）

又曰："孔丘、墨翟，无地而为君，无官而为长。天下丈夫、女子，莫不延颈举踵，而愿安利之者。"（《道应训》）

又曰："孔子无黔突，墨子无暖席。"（《修务训》）

王充曰："儒家之宗，孔子也。墨家之祖，墨翟也。"（《论衡·案书》篇）

此外周汉之书以孔墨或儒墨对举者，凡百余条（据汪中《墨子序》）。顾何以儒学自孔子没后，弟子散之四方，各行其道，自春秋战国以后，传至于今，二千余年，已成为国教。而墨学则自墨子卒后，弟子守其遗训，极力传播，战国末年，盛极一时；传至汉初，势力渐微；至西汉中叶以后，忽然中绝。意者"物竞天择，适者生存"，墨学在中国社会，有不适于生存者在乎？吾国现在思想界，动摇特甚，此后之国教，将一仍孔教之旧乎，抑将随时变通乎？墨子学说，一部分略近于佛教及耶稣教，此后在吾国学术界中，占何等位置？在世界思想界中，占何等位置？此极有趣味之问题也。桐龄不揣冒昧，谨以课余之暇，就管见所及，参以诸家学说，两相比较，胪列其同异之点，以供研究哲学诸公之参考。篇中疏略误谬之处，在所难免，订正增补，俟之将来。

　　中华民国十一年，即西历纪元一千九百二十二年二月六日，王桐龄自序于日本东京帝国大学附属图书馆。

第二章 宗教观念之比较

孔子、墨子，皆实行家，非宗教家也。然其学说中，自有一部分宗教思想，含入其中。儒墨学说中之宗教思想，与寻常之宗教异。寻常之宗教，或为一神，或为多神；儒家墨家之宗教，则兼一神多神而并尊之者也。寻常之宗教，必为出世间的；儒墨二教则皆世间的也。兹列举其同异之点于下，以供参考。

第一节 对于天之观念

一、天为万事万物之标准。

《尚书》曰："天叙有典……天秩有礼……天命有德……天讨有罪……"（《虞书·皋陶谟》）

又曰："先王克谨天戒……傲扰天纪……奉将天罚……"

（《夏书·胤征》）

《诗》曰："帝谓文王：予怀明德，不大声以色，不常夏以革。不识不知，顺帝之则。"（《大雅·文王之什·皇矣》篇）

又曰："天生蒸民，有物有则。"（同《荡之什·蒸民》篇）

孔子曰："天何言哉？四时行焉，百物生焉。"（《论语·阳货第十七》）

《礼》曰："万物本乎天。"（《郊特牲第十一》）

墨子曰："天下从事者，不可以无法仪，无法仪而其事能成者无有也。虽至士之为将相者，皆有法。虽至百工从事者，亦皆有法。……今大者治天下，其次治大国，而无法所度，此不若百工，辩也（治也）。然则奚以为治法而可？……曰：莫若法天。天之行广而无私，其施厚而不德，其明久而不衰，故圣王法之。……动作有为，必度于天，天之所欲则为之，天所不俗则止。"（《法仪第四》）

又曰："天下之百姓，皆上同于天子，而不上同于天，则灾犹未去也。"（《尚同上第十一》）

又曰："我有天志，譬若轮人之有规，匠人之有矩……以度天下之方圆。"（《天志上第二十六》）

又曰："故子墨子之有天之意也，上将以度天下之王公大人为刑政也，下将以量天下之万民为文学出言谈也。观其行，顺天之意，谓之善意行；反天之意，谓之不善意行。观其言谈，顺天之意，谓之善言谈；反天之意，谓之不善言谈。观其刑政，顺天之意，谓之善刑政；反天之意，谓之不善刑政。故置此以为法，立此以为仪，将以量度天下之王公大人卿大夫之仁与不仁，譬之犹分黑白也。"（《天志中第二十七》）

此皆以天为衡量一切事物之标准。《书》所谓"叙""秩"，《诗》所谓"则"，《墨子》所谓"法""志"，其意义同也。

二、天者，具有人格，全知全能者也。

《尚书》曰："惟天地万物父母。"（《周书·泰誓》）

又曰："天佑下民，作之君，作之师。"（同上）

又曰："惟天阴骘下民。"（《周书·洪范》）

《诗》曰："皇矣上帝，临下有赫。监观四方，求民之莫。"（《大雅·文王之什·皇矣》篇）

又曰："上帝临女，无贰尔心。"（同《大明》篇）

孔子曰："获罪于天，无所祷也。"（《论语·八佾第三》）

孟子曰："天子能荐人于天，不能使天与之天下。……昔者尧荐舜于天，而天受之。……故曰：天不言，以行与事示之而已矣。"（《孟子·万章上》）

墨子曰："今天下之士君子，知小而不知大。何以知之？以其处家者知之。若处家得罪于家长，犹有邻家所避逃之。然且亲戚兄弟所知识，共相儆戒，皆曰：不可不戒矣！

不可不慎矣！恶有处家而得罪于家长，而可为也！非独处家者为然，虽处国者亦然。处国得罪于国君，犹有邻国所避逃之。然且亲戚兄弟所知识，共相儆戒，皆曰：不可不戒矣！不可不慎矣！谁亦有处国得罪于国君而可为也！此有所避逃之者也，相儆戒犹若此其厚，况无所避逃之者，相儆戒岂不愈厚，然后可哉？且语言有之曰：日焉而晏日焉而得罪，将恶避逃之？夫天不可为林谷幽涧无人，明必见人。然而天下之君子之于天也，忽然不知以相儆戒，此我所以知天下士君子知小而不知大也。"（《天志上第二十六》）

此皆以天为造物主，无所不在，无所不知，无所不能，与犹太教之 Johovnh、耶稣教之 God 意义同也。

三、天者，有感觉，有意欲，有情操，有行为者也。

《书》曰："有扈氏威侮五行，怠弃三正，天用剿绝其命，今予惟恭行天之罚。"（《夏书·甘誓》）

又曰："有夏多罪，天命殛之。"（《商书·汤誓》）

又曰："天道福善祸淫，降灾于夏，以彰厥罪。"（同《汤诰》）

又曰："上天孚佑下民，罪人黜伏。"（同上）

又曰："皇天降灾，假手于我有命。"（同《伊训》）

又曰："商罪贯盈，天命诛之。予弗顺天，厥罪惟钧。"

（《周书·泰誓》）

又曰：“我闻在昔，鲧堙洪水，汩陈其五行。帝乃震怒，不畀洪范九畴，彝伦攸斁。鲧则殛死，禹乃嗣兴，天乃锡禹洪范九畴，彝伦攸叙。”（同《洪范》）

孔子曰：“获罪于天，无所祷也。”（见前）

墨子曰：“然则天亦何欲何恶？天欲义而恶不义。……然则何以知天之欲义而恶不义？曰：天下有义则生，无义则死；有义则富，无义则贫；有义则治，无义则乱。然则天欲其生而恶其死，欲其富而恶其贫，欲其治而恶其乱。此我所以知天之欲义而恶不义也。”（《天志上第二十六》）

又曰：“顺天意者，兼相爱，交相利，必得赏。反天意者，别相恶，交相贼，必得罚。”（同上）

又曰：“且吾言杀一不辜者，必有一不祥。杀不辜者谁也？则人也。予之不祥者谁也？则天也。”（同上）

又曰：“然有所不为天之所欲，而为天之所不欲，则夫天亦且不为人之所欲，而为人之所不欲矣。人之所不欲者何也？曰疾病祸祟也。若己不为天之所欲，而为天之所不欲，是率天下之万民以从事乎祸祟之中也。”（《天志中第二十七》）

又曰：“楚王食于楚之四境之内，故爱楚之人；越王食于越，故爱越之人。今天兼天下而食焉，我以此知其兼爱天下之人也。”（《天志下第二十八》）

又曰："奚以知天之欲人之相爱相利，而不欲人之相恶相贼也？以其兼而爱之、兼而利之也。奚以知天之兼而爱之、兼而利之也？以其兼而有之、兼而食之也（养之也）。"（《法仪第四》）

又曰："爱人利人者，天必福之；恶人贼人者，天必祸之。曰杀不辜者，得不祥焉。"（同上）

又曰："昔之圣王禹汤文武，兼爱天下之百姓，率以尊天事鬼，其利人多，故天福之，使立为天子，天下诸侯皆宾事之。暴王桀纣幽厉，兼恶天下之百姓，率以诟天侮鬼，其贼人多，故天祸之，使遂失其国家，身死为僇于天下，后世子孙毁之，至今不息。故不为善以得祸者，桀纣幽厉是也。爱人利人以得福者，禹汤文武是也。爱人利人以得福者有矣，恶人贼人以得祸者亦有矣。"（同上。又《天志》三篇中亦引证之，其语较详，兹不赘叙）

以上所举，皆以天为具有人格，其感觉意志，与人世无异。此儒墨之所同也。然《诗》《书》所言皆为人君说法，墨子则普及于一般世人。儒教经传多从消极的方面着想，所谓"天用剿绝其命""天命殛之""皇天降灾""天命诛之""获罪于天，无所祷也"等语，皆含有惩戒之意；墨子则多从积极的方面着想，所谓"天欲义""顺天意者……必得赏""爱人利人者天必福之"等语，皆含有奖励之义。此儒墨之所异也。

概而言之，墨子所以言天志者，凡以为兼爱说之前提云尔。所谓天志者，极简单而独一无二者也。曰，爱人利人而已。天犹父，人犹子。父有十子，爱之若一，利之若一。天之于人也亦然。子如父所欲者，则父亦将如子之所欲，而因以得幸福。反是者则祸及之。天之于人也亦然。道德与幸福相调和，此墨学之特色也。所谓道德者何？兼爱主义是已。所谓幸福者何？实利主义是已。而所以能调和之者惟恃天志，以天志与人事结合为一，此墨学之特色，而儒家所不肯深谈者也。其详细之点，当于后章论之。

四、天为理性道德之所从出。

《中庸》曰："天命之谓性。"（第一章）

子贡曰："夫子之言性与天道，不可得而闻也。"（《论语·公冶长第五》）

孟子曰："知其性则知天矣。存其心，养其性，所以事天也。"（《孟子·尽心上》）

此以天为性之所从出也。

孔子曰："天生德于予。"（《论语·述而第七》）

又曰："天之将丧斯文也，后死者不得与于斯文也。天之未丧斯文也，匡人其如予何？"（同《子罕第九》）

《中庸》："天命之谓性，率性之谓道。"（第一章）

董子曰："道之大原出于天。"（《前汉书·董仲舒传》）

此以天为道德之所从出也。

墨子曰："欲为仁义者，则不可不察义之所从出。……义何从出？……曰：义不从愚且贱者出，必自贵且知者出。……然则孰为贵？孰为知？曰：天为贵、天为知而已矣。然则义果自天出矣。今天下之人曰：当若天子之贵于诸侯，诸侯之贵于大夫（言天子贵于诸侯，诸侯贵于大夫也），确明知之。然吾未知天之贵且知于天子也。子墨子曰：……天子为善，天能赏之；天子为暴，天能罚之。天子有疾病祸祟，必斋戒沐浴，洁为酒醴粢盛，以祭祀天鬼，则天能除去之。"（《天志中第二十七》）

此以天为义之所从出也。

以上列举之四种观念，儒家与墨家大抵一致，不十分出入也。然儒家对天之理解，往往从消极方面着想，举凡人力所不能及者，悉归其原因于天；凡侥幸之成功，不幸之失败，皆谓为天所命。如：

孟子曰："若夫成功则天也。"（《孟子·梁惠王下》）

又曰："舜、禹、益，相去久远，其子之贤不肖，皆天也，非人之所能为也。莫之为而为者，天也；莫之致而至者，命也。"（同《万章上》）

等语，皆含有宿命定数因缘之义。

孔子曰："天生德于予，桓魋其如予何？"（《论语·述而第七》）

又曰："天之将丧斯文也，后死者不得与于斯文也。天之未丧斯文也，匡人其如予何？"（同《子罕第九》）

盖儒家当患难之时，所恃者惟天也。

孔子曰："莫我知也夫！"子贡曰："何为其莫知子也？"子曰："不怨天，不尤人，下学而上达。知我者，其天乎！"（《论语·宪问第十四》）

孟子曰："行或使之，止或尼之。行止，非人之所能也。吾之不遇鲁侯，天也。臧氏之子，焉能使予不遇哉？"（《孟子·梁惠王下》）

又曰："夫天未欲平治天下也，如欲平治天下，当今之世，舍我其谁也？吾何为不豫哉？"（同《公孙丑下》）

盖儒家当烦闷之时，所借以排遣者亦惟天也。

> 司马牛忧曰："人皆有兄弟，我独亡。"子夏曰："商闻之矣：死生有命，富贵在天。"（《论语·颜渊第十二》）

盖儒家当朋友烦闷之时，所持以慰藉者亦惟天也。惟儒家以人力所不能及者归之于天，故有顺时听天之说。由天生运，故有委心任运之说。于是当穷困之时，能以淡泊处之；患难之际，能以镇静将之。不营营以求利，不汲汲以求生。所谓"见利思义、见危授命"者，二千年来儒家中之大人物，概服膺于此。此真儒家之特别修养方法也。

然信天太过，于是凡事皆诿之于天，虽宜尽之人事亦不尽。

> 纣曰："我生不有命在天？"（《尚书·西伯戡黎》）
> 王莽曰："天生德于予，汉兵其如予何？"（《汉书·王莽传》）
> 陶潜曰："天运苟如此，且进杯中物。"（《陶渊明集·责子诗》）

甚或措施不当，以致失败，反诿过于天以自解释。

项羽曰："此天亡我，非战之罪也。"（《史记·项羽本纪》）

以天为口实，而自暴自弃焉，误解生存竞争优胜劣败之理，使天代人认过，此儒教学说之流弊也。墨子则极端反对之。对于天之观念，皆从积极方面解释，以勉励人为善，阻止人为不善，其学说散见于《天志》《非命》诸篇中。《天志》篇学说，已见上文。《非命》篇学说，当于下节论之。儒家之学说，亦有与近世"赫胥黎（Huxley）天演论""达尔文（Darwin）进化论"等学说相近者。

《尚书》曰："天作孽，犹可违；自作孽，不可逭。"（《商书·太甲中》）

《中庸》曰："故天之生物，必因其材而笃焉。故栽者培之，倾者覆之。"（第十七章）

此等学说，颇合于"物竞天择，适者生存"之原理。然儒家经传中恰不多谈，不若墨子之极端主张也。

第二节　对于命之观念

对于天之观念，儒家与墨家学说虽小有出入，然大体尚一致也。对于命之观念，则儒家与墨家立于正反对地位。儒家之言命，所以止嗜欲、息争竞也。

> 公伯寮愬子路于季孙，子服景伯以告，曰："夫子固有惑志于公伯寮，吾力犹能肆诸市朝。"子曰："道之将行也与，命也。道之将废也与，命也。公伯寮其如命何！"（《论语·宪问第十四》）
>
> 又曰："不知命，无以为君子也。"（同《尧曰第二十》）
>
> 孟子曰："孔子进以礼，退以义，得之不得曰有命。"（《孟子·万章上》）

故常与天混为一谈，中间无一定之界限。

> 孔子曰："五十而知天命。"（《论语·为政第二》）
>
> 子夏曰："死生有命，富贵在天。"（同《颜渊第十二》）
>
> 孔子曰："君子有三畏，畏天命……"（同《季氏第十六》）
>
> 孟子曰："莫之为而为者，天也；莫之致而至者，命也。"（《孟子·万章上》）

然必尽应尽之人事，其结果始可诿之于命。

《中庸》曰："故君子居易以俟命。"（第十四章）

孟子曰："夭寿不贰，修身以俟之，所以立命也。"
（《孟子·尽心上》）

又曰："莫非命也，顺受其正。"（同上）

孟子所谓"君如彼何哉，强为善而已矣"（《孟子·梁惠
王下》），诸葛武侯所谓"鞠躬尽瘁，死而后已。成败利钝，非
所逆睹"（《后出师表》），谚所谓"尽人事，听天命"者，皆此
意也。

若不尽人事，便不当委其结果于命。

孟子曰："是故知命者，不立乎岩墙之下。尽其道而死者，
正命也。桎梏死者，非正命也。"（《孟子·尽心上》）

言知命者，当尽人事也。然常人之情，习于萎靡，惮于
振作，往往以命为口实，而自暴自弃焉。

纣曰："我生不有命在天。"（见前）

陶潜曰："天运苟如此，且进杯中物。"（见前）

皆此意也。而大英雄意外之失败，后人亦辄归之于命。

　　李商隐曰："关张无命欲何如。"（本集《筹笔驿》诗）

　　则命之一字，乃惰弱者之护身符，阻人自强或自新之路者也，故孔子罕言之（《论语·子罕第九》），所以消极地使世人不谈命也。然儒教经传中，言命者实居多数，墨子则极端反对之。墨子持极端之实行主义者也。人人安于命而怠于行，则世界之进化终不可期，而人道或几乎息矣，故墨子痛辩之。其言曰：

　　古者王公大人为政国家者，皆欲国家之富，人民之众，刑政之治。然而不得富而得贫，不得众而得寡，不得治而得乱，则是本失其所欲，得其所恶，其故何也？子墨子言曰：执有命者以杂于民间者众。执有命者之言曰：命富则富，命贫则贫，命众则众，命寡则寡，命治则治，命乱则乱，命寿则寿，命夭则夭。命虽强劲何益哉？上以说王公大人，下以驵（同阻）百姓之从事，故执有命者不仁。……然而今天下之士君子，或以命为有益。盖尝尚观于圣王之事，古者桀之所乱，汤受而治之。纣之所乱，武王受而治之。此世未易，民未渝，在于桀纣则天下乱，在于汤武则天下治。岂可谓有命哉？……执有命者之言曰：上之所赏，命固且赏，非贤故赏也。上之所罚，命固且罚，不暴故罚也。是故入则不慈孝于亲戚，出则不弟长于乡里，坐处不度，出入无节，男女无辨。是故治官府则盗窃，守城则崩叛，君有难则不死，出亡则不送。……而强执此者，此特凶言之所自生，而暴人之道也。然则何以知命之为暴人之道？昔上世之穷民，贪于饮食，惰于从事，是以衣食之财不足，而饥寒冻馁之忧至。不知曰，我罢不肖，从事不疾，必曰我命固且贫。昔上世暴主，不忍其耳目之淫，心涂（术同）之辟，不顺其亲戚，遂以忘失国家，倾覆社稷。不知曰，我罢不肖，为政不善，必曰吾命固失之。……今用执有命者之言，则上不听治，下不从事。上不听治则刑政乱，下不从事则财用不足。……故命上不利于天，中不利于鬼，下不利于人。（《非命上第三十五》）

又曰：

今也王公大人之所以蚤朝晏退，听狱治政，终朝均分，而不敢息息倦者，何也？曰：彼以为强必治，不强必乱；强必宁，不强必危，故不敢怠倦。今也卿大夫之所以竭股肱之力，殚其思虑之知，内治官府，外敛关市山林泽梁之利，以实官府，而不敢怠倦者，何也？曰：彼以为强必贵，不强必贱；强必荣，不强必辱，故不敢怠倦。今也农夫之所以蚤出暮入，强乎耕稼树艺，多聚升粟，而不敢怠倦者，何也？曰：彼以为强必富，不强必贫；强必饱，不强必饥，故不敢怠倦。今也妇人之所以夙兴夜寐，强乎纺绩织纴，多治麻丝葛绪捆布缕，而不敢怠倦者，何也？曰：彼以为强必富，不强必贫；强必暖，不强必寒，故不敢怠倦。今虽毋在乎王公大人蒉（贵同），若信有命而致行之，则必怠乎听狱治政矣，卿大夫必怠乎治官府矣，农夫必怠乎耕稼树艺矣，妇人必怠乎纺绩织纴矣。王公大人怠乎听狱治政，卿大夫怠乎治官府，则我以为天下必乱矣。农夫怠乎耕稼树艺，妇人怠乎纺绩织纴，则我以为天下衣食之财将必不足矣。（《非命下第三十七》）

强之一字，乃墨子之箴言。其所以不能不持非命之论者，以有命之说，与自强相抵触也。至若命之果有果无，则墨子所持以为断案者，仍不出经验归纳之论法，引证历史以为之前提。非宗教式的古说，亦非科学式的证明，其壁垒未能坚也。今请演其言外之旨。

“物竞天择”一语，今世稍有新知识者，类能言之。曰：“优胜劣败。”曰：“适者生存。”此其事似属于自然，谓为命之范围可也。然若之何而自勉为优者适者，以求免于劣败淘汰之数，此则纯恃自力，于命丝毫无与也。力也者，物竞界中最要之原素也。而在矫揉造作之社会，因物竞每不能循常轨而行，且竞之道时或缘而中绝。世俗之人不知其所以然，遂归其原则于命。人人安于命，而不思努力前进，则社会之进化终不可期。吾国数千年来，社会状态之沈滞，皆守分安命不思努力者阶之厉也。墨子深恶而痛绝之，《非命上》曰："命者，暴王作之。"至言哉。

儒教经传，常以天命二字相连并用，一若命为天所制定者。墨子则划分天与命为二物。天也者，随人之顺其欲恶与否而祸福之，是天有无限之权也。命定而不移，则是天之权杀也。故不有非命之论，则天志之论终不得成立也。世运愈进，则有命之说愈狼狈失据。墨子非命，诚千古之卓识哉。

第三节　对于鬼神之观念

上所举之尊天思想，乃庄严之一神教，与犹太教、耶稣教理想同也。然我国国民之特性，家族思想发达，故于尊天之外，祀祖为重。

《书》曰："乃祖乃父，丕乃告我高后，曰：作丕刑于朕孙。迪高后，丕乃崇拜不祥。"（《商书·盘庚中》）

《诗》曰："文王陟降，在帝左右。"（《大雅·文王之什·文王》篇）

《记》曰："万物本乎天，人本乎祖。"（《郊特牲第十一》）

又曰："有虞氏禘黄帝而郊喾，祖颛顼而宗尧。夏后

氏亦禘黄帝而郊鲧，祖颛顼而宗禹。殷人禘喾而郊冥，祖契而宗汤。周人禘喾而郊稷，祖文王而宗武王。"(《祭法第二十三》)

《孝经》曰："昔者周公郊祀后稷以配天，宗祀文王于明堂以配上帝。"(《圣治章第九》)

其视祖宗之尊崇，几与天并焉。国民之特性则然也。孔子、墨子皆生于我国，自不能完全脱离此理想，而别树一种科学式的宗教。故儒墨二家学说中，对于鬼神之事三致意焉。鬼神之理，深微奥妙，至今日犹列在不可思议之列，非可以寻常科学家的眼光解释。孔子知其然也，故极力避之，不肯深谈。

《论语》曰："子不语怪力乱神。"(《述而第七》)

又曰："季路问事鬼神。子曰：'未能事人，焉能事鬼？''敢问死？'曰：'未知生，焉知死。'"(《先进第十一》)

其对于鬼神也，只言当尽之人事，并不明言其所以然。

《论语》曰："祭如在，祭神如神在。"(《八佾第三》)

樊迟问知。子曰："务民之义，敬鬼神而远之。"(同《雍也第六》)

　　子疾病，子路请祷。子曰："有诸？"子路对曰："有之。诔曰：祷尔于上下神祇。"子曰："丘之祷久矣。"（同《述而第七》）

　　子曰："夏道尊命，事鬼敬神而远之。……殷人尊神，率民以事神，先鬼而后礼。……周人尊礼尚施，事鬼敬神而远之。……"（《礼记·表记第三十二》）

儒教之对待鬼神，如是而已。至对于鬼神二字之解释，则多为抽象的。

　　孔子曰："鬼神之为德，其盛矣乎？视之而弗见，听之而弗闻，体物而不可遗，使天下之人，齐明盛服，以承祭祀。洋洋乎，如在其上，如在其左右。"（《中庸》第十六章）

还他本来面目，不着色相，不露痕迹，立论最为得体。

　　又曰："气者，神之盛也。魄者，鬼之盛也。……众生必死，死必归土，此之谓鬼。骨肉毙于下，阴为野土。其气发扬于上，为昭明焄蒿凄怆。此百物之精也，神之著也。"（《礼记·祭义第二十四》）

虽稍带具体的解释，然立论极其庄严，而不带迷信。此孔子学说之特色，高出于世俗宗教家一等者也。墨子之学说，则多为具体的解释，历引中国有史以来，有见鬼神之形，闻鬼神之声者各种事迹，以证明鬼神之为物不为虚妄。其言曰：

> 昔者周宣王杀其臣杜伯而不辜（不以罪也）。杜伯曰："吾君杀我而不辜，若以死者为无知则止矣。若死而有知，不出三年，必使吾君知之。"其三年，周宣王合诸侯而田于圃田，车数百乘，从数千人，满野。日中，杜伯乘白马素车，朱衣冠，执朱弓，挟朱矢，追周宣王，射入车中。中心，折脊，殪车中，伏弢而死。当是之时，周人从者莫不见，远者莫不闻，著在周之《春秋》。为君者以教其臣，为父者以警其子，曰：戒之慎之。凡杀不辜者，其得不祥，鬼神之诛，若此之憯遫也。以若书之说观之，则鬼神之有，岂可疑哉？（《明鬼下第三十一》）

又曰：

> 昔者郑穆公当昼日中，处乎庙，有神入门而左，鸟身，素服三绝，面状正方。郑穆公见之，乃恐惧奔。神曰："无惧。帝享女明德，使予锡女寿十年而九，使若国家繁昌，子孙茂，毋失郑。"穆公再拜稽首曰："敢问神明？"曰："予为句芒。"若以郑穆公之所身见为仪，则鬼神之有，岂可疑哉？

（同上）

此外，又引燕简公杀其臣庄子仪，子仪之鬼复仇之事；宋文君鲍之臣袥观辜，从事于厉（庙也），以供物不丰，为神所殛之事；齐庄君用神道为其臣王里国、中里徼折狱之事。大抵皆离奇光怪，近于小说体裁，为一般流俗之人所畏惧，而不足以登大雅之堂，所谓"荐绅先生难言之"者也。墨子乃复引古昔圣王，赏人必于祖，僇人必于社，及谨饬祭祀之成例，以为之证。其言曰：

> 昔者武王之攻殷诛纣也，使诸侯分其祭，曰：使亲者受内祀，疏者受外祀。故武王必以鬼神为有，……若鬼神无有，则武王何祭分哉。（同上）

又引夏后开使蜚廉采金铸鼎时，使翁难乙卜于目若之龟之卜辞，以证明鬼神之明智远在圣人以上。

> 巫马子谓子墨子曰："鬼神孰与圣人明智？"子墨子曰："鬼神之明智于圣人，犹聪耳明目之与聋瞽也。昔者夏后开使蜚廉采金于山川，而陶铸之于昆吾，是使翁难乙卜于目若之龟。龟曰：鼎成三足而方，不炊而自烹，不举而自臧，不迁而自行。以祭于昆吾之墟，上乡。乙又言兆之由。曰飨

矣。逢逢白云，一南一北，一西一东，九鼎既成，迁于三国。夏后氏失之，殷之受之。殷人失之，周人受之。夏后殷周之相受也，数百岁矣。使圣人聚其良臣与其杰相而谏，岂能智数百岁之后哉？而鬼神智之。是故曰鬼神之明智于圣人也，犹聪耳明目之与聋瞽也。"（《耕柱第四十六》）

又考之于古圣人之言，引《夏书》《商书》《周书》等，凡言及鬼神之事，以为之证。其言曰：

　　《大雅》曰：文王在上，于昭于天。周虽旧邦，其命维新。有周不显，帝命不时。文王陟降，在帝左右。（《大雅·文王之什·文王》篇）……若鬼神无有，则文王既死，彼岂能在帝之左右哉？（《明鬼下第三十一》）

以上三说，皆引证具体之事迹，缺乏抽象之理论。墨子所持之有鬼论，不过一种经验论而已，其壁垒未能坚也。墨子所以极力主张有鬼者，非原本于绝对的迷信，不过借以为改良社会之方便法门。故其言曰：

　　逮至昔三代圣王既没，天下失义，诸侯力正（同征）。是以存夫为人君臣上下者之不惠忠也，父子弟兄之不慈孝弟长贞良也，正长之不强于听治，贱人之不强于从事也。民之为淫暴寇乱盗贼，以兵刃毒药水火，退无罪人乎道路率径，夺人车马衣裘以自利者，并作由此始，是以天下乱。此其故何以然也？则皆以疑惑鬼神之有与无之别，不明乎鬼神之能赏贤而罚暴也。今若使天下之人，偕若信鬼神之能赏贤而罚暴也，则夫天下岂乱哉！（同上）

由此观之，墨子所以明鬼者，非如野蛮时代之绝对的信仰，不过借以为检束人心、改良社会一法门。其所持之有鬼论，固未能持之有故言之成理也，不过利用古代遗传之迷信思想，以宗教家的形式，为世俗之人说法，固不若孔子之以不解释为解释者，较为落落大方也。

第四节　对于祸福之观念

修善欲以免祸，或欲以得福。《太上感应篇》《文昌帝君阴骘文》等书，极力提倡之。此世俗之谈，孔子所不道也。然圣贤立论，不外人情。

《易》曰："积善之家，必有余庆。积不善之家，必有余殃。"（《上经·坤卦文言》）

《书》曰："天道福善祸淫。"（《商书·汤诰》）

又曰："惟上帝不常。作善，降之百祥。作不善，降之

百殃。"（同《伊训》）

圣贤经传中，固不乏此种论调也。墨子则正利用人类社会迷信之弱点，而以祸福之说耸动之。其言曰：

> 爱人利人者，天必福之。恶人贼人者，天必祸之。（《法仪第四》）
>
> 又曰："顺天意者，兼相爱，交相利，必得赏。反天意者，别相恶，交相贼，必得罚。"（《天志上第二十六》）
>
> 又曰："不为天之所欲，而为天之所不欲，则夫天亦且不为人之所欲，而为人之所不欲矣。"（《天志中第二十七》）
>
> 又曰："今若使天下之人，偕若信鬼神之能赏贤而罚暴也，则夫天下岂乱哉！"（《明鬼下第三十一》）
>
> 又曰："是以吏治官府之不洁廉，男女之为无别者，鬼神见之。民之为淫暴寇乱盗贼，以兵刃毒药水火，退无罪人于道路，夺人车马衣裘以自利者，有鬼神见之。是以吏治官府不敢不洁廉，见善不敢不赏，见暴不敢不罪。民之为淫暴寇乱盗贼，以兵刃毒药水火，退无罪人于道路，夺人车马衣裘以自利者，由此止。"（同上）

《墨子》全书中，类此之论调甚多。其言天言鬼，皆积极地劝人为善，消极地阻人为不善也。不言命者，恐妨碍世人之向上心也。要而论之，利之大原出于天，而祸福无不自己求之者，此墨学之纲领也。而其与儒学根本差异处，即在于是。公孟子，儒教之大师也，与墨子同时，尝与墨子辩难。其言曰：

有义不义，无祥不祥。（《公孟第四十八》）

此儒家之立脚点也。盖孔子之教，纯持责任道德之说，与功利主义立于极端反对之地位。故曰："正其谊不谋其利，明其道不计其功。"（汉儒董仲舒语，见《前汉书》卷二十六本传）若言有祥不祥，则其为义缘乎有所歆，不为不义缘乎有所畏。是义不过一手段，而非纯粹高尚之目的矣。祥不祥之果有果无，孔子未尝断言之，但其所称道，总不及祥不祥之一问题者。以此问题与孔子学说相抵触也，墨子则正欲利用祥不祥之说，以引世人于向上之途。故其答公孟子曰：

古圣王皆以鬼神为神明，而为祸福，执有祥不祥，是以政治而国安也。自桀纣以下，皆以鬼神为不神明，不能为祸福，执无祥不祥，是以政乱而国危也。（同上）

此墨学之精髓也。

概而言之，孔子言天言命，乃儒教中一特别修养方法，不带迷信性质也。墨子言天言鬼，纯为宗教式的辩论，富于迷信思想，容易引导未开化之人类跻于向上之途。顾其所成就，远不如他种宗教之光大者，则以宗教家最重要之一原素，墨子乃阙如也。宗教家最重要之原素为何？灵魂是已。故所谓祸福赏罚者，不能以区区冥顽躯壳所历之数十寒暑为限程，而常有久且远者在其后。夫乃使人有所歆羡，而乐于为善；有所忌惮，而不敢为不善。佛教之涅槃轮回，耶教之末日审判，皆是也。岂惟佛耶，儒教亦然。儒教衍形，故曰："君子疾没世而名不称焉。"（《论语·卫灵公第十五》）又曰："善不报于其身，必报于其子孙。"（《左传》，忘其为何公何年）名与子孙，皆身后之遗物也。佛耶衍魂，故曰："善不善报诸来世。"来世者，魂之归宿也，必兼此义。然后祸福赏罚之说，圆满无缺。墨子暗于此，此其教义之所以不昌也。

第三章 道德观念之比较

第一节　对于仁爱之观念

儒家言仁，墨家言爱，皆以利人济世为务者也。其对于仁爱二字之解释：

一、仁爱为维持国家社会之要素。

孔子曰："道千乘之国……节用而爱仁……"（《论语·学而第一》）

孟子曰："先王有不忍人之心，斯有不忍人之政矣。以不忍人之心，行不忍人之政，治天下可运之掌上。"（《孟子·公孙丑上》）

墨子曰："君臣相爱则惠忠，父子相爱则慈孝，兄弟相爱则和调。天下之人皆相爱，强不执弱，众不劫寡，富不侮

贫。”(《兼爱中第十五》)

二、君主能行仁政则可以王天下。

孟子曰：“当今之时，万乘之国，行仁政，民之悦之，犹解倒悬也。故事半古之人，功必倍之，惟此时为然。”（《孟子·公孙丑上》）

又曰：“以德行仁者王，王不待大。”（同上）

又曰：“民之归仁也，犹水之就下，兽之走圹也。……今天下之君有好仁者，则诸侯皆为之驱矣。虽欲无王，不可得已。”（同《离娄上》）

又曰：“三代之得天下也，以仁。”（同上）

三、不仁不爱，则国家危亡，社会混乱。

孟子曰：“不仁而在高位，是播其恶于众也。”（《孟子·离娄上》）

孔子曰：“道二：仁与不仁而已矣。”暴其民甚，则身杀国亡。不甚，则身危国削。名之曰幽厉，虽孝子慈孙，百世不能改也。（同上）

孟子曰：“天子不仁，不保四海。诸侯不仁，不保社稷。卿大夫不仁，不保宗庙。士庶人不仁，不保四体。”（同上）

又曰：“不仁者，可与言哉？安其危，而利其灾，乐其所以亡者。不仁而可与言，则何亡国败家之有！”（同上）

墨子曰："乱何自起？起不相爱。臣子之不孝君父，所谓乱也。子自爱不爱父，故亏父而自利。弟自爱不爱兄，故亏兄而自利。臣自爱不爱君，故亏君而自利。此所谓乱也。虽父之不慈子，兄之不慈弟，君之不慈臣。此亦天下之所谓乱也。父自爱也不爱子，故亏子而自利。兄自爱也不爱弟，故亏弟而自利。君自爱也不爱臣，故亏臣而自利。是何也？皆起不相爱。虽至天下之为盗贼者亦然，盗爱其室，不爱异室，故窃异室以利其室。贼爱其身，不爱人，故贼人以利其身。此何也？皆起不相爱。虽至大夫之相乱家，诸侯之相攻国者亦然。大夫各爱其家，不爱异家，故乱异家以利其家。诸侯各爱其国，不爱异国，故攻异国以利其国。天下之乱物，具此而已矣。察此何自起？皆自不相爱。"（《兼爱上第十四》）

又曰："是故诸侯不相爱，则必野战。家主不相爱，则必相篡。人与人不相爱，则必相贼。君臣不相爱，则不惠忠。父子不相爱，则不慈孝。兄弟不相爱，则不和调。天下之人皆不相爱，强必执弱，富必侮贫，贵必傲贱，诈必欺愚。凡天下之祸篡怨恨其所以起者，以不相爱生也，是以仁者非之。"（《兼爱中第十五》）

四、爱人即所以自爱。

孟子曰："爱人者人恒爱之。"（《孟子·离娄上》）

墨子曰："夫爱人者，人必从而爱之。"（《兼爱中第

十五》)

又曰："《大雅》之所道曰：'无言而不仇，无德而不报，投我以桃，报之以李。'即此言爱人者必见爱也，而恶人者必见恶也。"(《兼爱下第十六》)

以上所举仁爱二字之解释，儒墨二家见解，大抵不甚出入。不过孔孟着眼于国家，墨子着眼于社会。孔孟多责难于君主，墨子则普及于一般国民之上下阶级耳。然儒家所称道之仁，与墨家所提倡之爱，其精神自异。儒家以仁为体，爱为用。仁为静的，爱为动的，由体达用，由静之动之时，中间不能一致。

《大学》曰："此谓唯仁，人为能爱，人能恶人。"(《传十章》)

孔子曰："惟仁者，能好人，能恶人。"(《论语·里仁第四》)

孟子曰："仁者，以其所爱，及其所不爱。不仁者，以其所不爱，及其所爱。"(《孟子·尽心下》)

仁者之对于人，有好有恶，有爱有不爱。则其施行之际，有阶级有范围也明矣。儒家之理想，谓仁之施行，始于家族彼此相互之间。

《中庸》曰："仁者人也，亲亲为大。"（第二十章）

孟子曰："亲亲仁也。"（《孟子·尽心上》）

尤以子弟对于父兄，为家族中施行仁爱之始。

有子曰："孝弟也者，其为仁之本与！"（《论语·学而第一》）

孟子曰："仁之实，事亲是也。"（《孟子·离娄上》）

推而至于社会全体，以及于一切众生。

有子曰："其为人也孝弟，而好犯上者，鲜矣。不好犯上，而好作乱者，未之有也。"（《论语·学而第一》）

孟子曰："亲亲而仁民，仁民而爱物。"（《孟子·尽心上》）

其对于社会全体中人，尤以对于贤人，为施行仁爱之始。

孟子曰："仁者，无不爱也，急亲贤之为务。"（《孟子·尽心上》）

盖以自己本身为中心点，缘其远近亲疏，以为爱之等差。

《大学》曰："身修而后家齐，家齐而后国治，国治而后天下平。"（《大学·经》）

《中庸》曰："亲亲之杀。"（第二十章）

至对于群黎、百姓、众生、万物，一切平等待遇，则儒家谦让未遑也。

子贡曰："如有博施于民而能济众，何如？可谓仁乎？"子曰："何事于仁，必也圣乎！尧舜其犹病诸！"（《论语·雍也第六》）

子路问君子。子曰："修己以敬。"曰："如斯而已乎？"曰："修己以安人。"曰："如斯而已乎？"曰："修己以安百姓。修己以安百姓，尧舜其犹病诸？"（同《宪问第十四》）

孟子曰："君子之于物也爱之而弗仁，于民也仁之而弗亲。"（《孟子·尽心上》）

又曰："尧舜之仁，不偏爱人，急亲贤也。"（同上）

盖虽以利他为主义，而其间颇有差等焉。皆始于身家，而渐及于社会者也。墨家之爱，平等无差别，普及于一切人类。其言曰：

乱之所自起，皆起不相爱。……故天下兼相爱则治，相恶则乱。(《兼爱上第十四》)

又曰："以兼相爱交相利之法易之。……视人之国若视其国，视人之家若视其家，视人之身若视其身。是故诸侯相爱则不野战，家主相爱则不相篡，人与人相爱则不相贼，贵不敖贱，诈不欺愚，凡天下祸篡怨恨，可毋使起。"(《兼爱中第十五》)

墨子以平等之爱为兼，差别之爱为别，故有兼士别士兼君别君之名。墨子固极力提倡兼而排斥别者也。其言曰：

姑尝两而进之。谁以为二士，使其一士者执别，使其一士者执兼。是故别士之言曰：吾岂能为吾友之身若为吾身，为吾友之亲若为吾亲？是故退睹其友，饥即不食，寒即不衣，疾病不侍养，死丧不葬埋。别士之言若此，行若此。兼士之言不然，行亦不然。曰：吾闻为高士于天下者，必为其友之身若为其身，为其友之亲若为其亲，然后可以为高士于天下。是故退睹其友，饥则食之，寒则衣之，疾病侍养之，死丧葬埋之。兼士之言若此，行若此。……然即敢问今有平原广野于此，披甲婴胄将往战，死生之权，未可识也。又有君大夫之远使于巴、越、齐、荆，往来及否未及否，未可识也。然即敢问不识将恶也。家室奉承，亲戚提挈，妻子而寄托之，不识于兼之有是乎？于别之有是乎哉？以为当其于此也。天下无愚夫愚妇，虽非兼之人，必寄托之于兼之有是也。此言而非兼，择即取兼，即此言行拂也。不识天下之士所以闻兼而非之者，其故何也？（《兼爱下第十六》）

又曰："姑尝两而进之。谁以为二君，使其一君者执兼，使一君者执别。……"（后略，意与前段同，《兼爱下》）

所谓别士别君者，盖指儒教所倡之伦理；兼士兼君者，则自指其所倡之伦理也。即有差等与无差等之两大争点也。无差等之爱，在墨子极言其实行之非难。然其徒夷之欲见孟子，孟子诘以："墨之治丧也，以薄为其道也。……然而夷子葬其亲厚，则是以所贱事亲也。"（《孟子·滕文公上》）夷之则答以："爱无差等，施由亲始。"是与孟子平素所言"仁之实，事亲是也""亲亲而仁民，仁民而爱物"等论调相似，已几乎穷于辞矣。若如墨子之极端无差等说，所谓"视人之室若其室，谁窃？视人身若其身，谁贼？视人家若其家，谁乱？视人国若其国，谁攻？"（《兼爱上第十四》）等论调，其仅为一至善之理论，而断不可行于实际，殆无待辩。循墨子之教，则其社会之组织，必如希腊大哲柏拉图（Plato）等所虚构之共产主义者然后可。现在俄国之过激派政府犹不能实行，而谓二千年前之中国能之乎。理论太高，而不合于一般世俗人之心理，此所以墨子之徒，其实行其主义之热心毅力，远在儒教徒以上，而卒不能维持其教义于永久也。

第二节　对于义利之观念

儒墨之异同比较，有最明显之一语，即儒家常以仁义并称，如所谓：

> 未有上好仁而下不好义者也。(《大学·传十章》)
> 仁者人也，亲亲为大。义者宜也，尊贤为大。(《中庸》第二十章)
> 未有仁而遗其亲者也，未有义而后其君者也。(《孟子·梁惠王上》)

等语皆是也。墨家常以爱利并称，如所谓：

> 天欲人之相爱相利。(《法仪第四》)
> 天之于人，兼而爱之，兼而利之。(同上)
> 爱人利人者天必福之。(同上)
> 爱利万民。(《尚贤中第九》)
> 兼而爱之，从而利之。(同上)
> 若见爱利国者必以告，亦犹爱利国者也。(《尚同下第十三》)

> 兼相爱，交相利。（《兼爱中第十五》）
>
> 爱人者人亦从而爱之，利人者人亦从而利之。（同上）
>
> 众利之所生何自生，从爱人利人生。（《兼爱下第十六》）

等语，皆是也。曰仁，曰爱，同一物也。而儒家以义为仁之附属品，墨家以利为爱之附属品。儒家所倡导者为责任道德，与功利主义不相容，故对于利常含有排斥之意。

> 孔子曰："放于利而行，多怨。"（《论语·里仁第四》）
>
> 子罕言利。（同《子罕第九》）

而极力提倡义以抵制之，使不摇惑人心。

> 《大学》曰："此谓国不以利为利，以义为利也。"（《传十章》）
>
> 孔子曰："君子喻于义，小人喻于利。"（《论语·里仁第四》）
>
> 又曰："见利思义。"（同《宪问第十四》）
>
> 孟子对梁惠王曰："王，何必曰利？亦有仁义而已矣。王曰，何以利吾国？大夫曰，何以利吾家？士庶人曰，何以利吾身？上下交征利，而国危矣。万乘之国，弑其君者，必千乘之家。千乘之国，弑其君者，必百乘其家。万取千焉，

千取百焉，不为不多矣。苟为后义而先利，不夺不大餍。未有仁而遗其亲者也，未有义而后其君者也。王亦曰，仁义而已矣，何必曰利！"（《孟子·梁惠王上》）

又曰："鸡鸣而起，孳孳为善者，舜之徒也。鸡鸣而起，孳孳为利者，跖之徒也。欲知舜与跖之分，无他，利与善之间也。"（同《尽心上》）

墨徒宋轻，以禁攻寝兵为务，实行其兼爱主义者也。将之楚，孟子遇之于石丘。

曰："先生将何之？"曰："吾闻秦楚构兵，我将见楚王，说而罢之。楚王不悦，我将见秦王，说而罢之。二王我将有所遇焉。"曰："轲也请无问其详，愿闻其指，说之将何如？"曰："我将言其不利也。"曰："先生之志则大矣，先生之号则不可。先生以利说秦楚之王，秦楚之王悦于利，以罢三军之师，是三军之士，乐罢而悦于利也。为人臣者怀利以事其君，为人子者怀利以事其父，为人弟者怀利以事其兄，是君臣父子兄弟，终去仁义，怀利以相接。然而不亡者未之有也。先生以仁义说秦楚之王，秦楚之王悦于仁义，而罢三军之师，是三军之士，乐罢而悦于仁义也。为人臣者怀仁义以事其君，为人子者怀仁义以事其父，为人弟者怀仁义以事其兄，是君臣父子兄弟，去利怀仁义以相接也。然而不王者未

之有也。何必曰利？"（同《告子下》）

孟子举仁义与利两相比较，而极言其结果之不同。其言诚是也。然人类社会之利己心，自有生以来，已成为天性。而生存竞争之剧烈，又迫之使不得不汲汲焉以营其私。于此而徒以责任道德之大义，律之使行，其不掉头以去者殆希矣。儒教之不能普及于一般人类社会者，其原因盖由于此。墨子知其然也，乃利用人类之普通利己性，说明人己关系，引导之使利人。其言曰：

> 夫爱人者人必从而爱之，利人者人必从而利之，恶人者人必从而恶之，害人者人必从而害之。（《兼爱中第十五》）
>
> 吾不认孝子之为亲度者，亦欲人爱利其亲与？意欲人之恶贼其亲与？以说观之，即欲人之爱利其亲也。然即吾恶先从事即得此？若我先从事乎爱利人之亲，然后人报我爱利吾亲乎？意我先从事乎恶人之亲，然后人报我以爱利吾亲乎？即必吾先从事乎爱利人之亲，然后人报我以爱利吾亲也。（《兼爱下第十六》）
>
> 巫马子谓子墨子曰："我与子异，我不能兼爱。我爱邹人于越人（谓爱邹人过于爱越人也），爱鲁人于邹人，爱我乡人于鲁人，爱我家人于乡人，爱我亲于我家人，爱我身于吾亲，以为近我也。击我则疾（痛也），击彼则不疾于我，

我何故疾者之不拂，而不疾者之拂？故有杀彼以我（疑当作利我），无杀我以利（疑当作利彼）。"子墨子曰："子之义将匿邪，意以告人乎？"巫马子曰："我何故匿我义？吾将以告人。"子墨子曰："然则一人说子，一人欲杀子以利己。十人说子，十人欲杀子以利己。天下说子，天下欲杀子以利己。一人不说子，一人欲杀子，以子为施不祥言者也。十人不说子，十人欲杀子，以子为施不祥言者也。天下不说子，天下欲杀子，以子为施不祥言者也。说子欲杀子，不说子亦欲杀子，是所谓经者口也，杀常之身者也。"（《耕柱第四十六》）

言利人者正所以利己也。孟子所谓：

> 爱人者人恒爱之，敬人者人恒敬之。（《孟子·离娄下》）
> 杀人之父者，人亦杀其父。杀人之兄者，人亦杀其兄。然则非自杀之也，一间耳。（同《尽心下》）

即是此意。不过墨子之言，尤反覆详尽，简单直捷耳。盖墨子以实利主义，为兼爱主义之后援。其意谓不兼爱者，则直接以利己；兼爱者则间接以利己。而直接之利，不若间接之利尤广而完且固也。孔子行恕道者也，其言曰：

施诸己而不愿，亦勿施于人。(《中庸》第十三章)

夫仁者，己欲利而利人，己欲达而达人。能近取譬，可谓仁之方也已。(《论语·雍也第六》)

子贡曰："我不欲人之加诸我也，吾亦欲无加诸人。"(同《公冶长第五》)

此种"以己之心度人之心"之理论，与墨子"兼相爱，交相利"之学说，可以互相发明。不过孔子从道德方面着想，墨子从功利方面着想；孔子为贤人君子说法，墨子为一般世人说法，其立脚地不同。故与其提倡孔子学说，高而不易于实行，毋宁鼓吹墨子学说，使一般世人易于了解也。

第三节　对于礼乐之观念

儒家视礼，与仁义并重。

孔子曰："君子义以为质，礼以行之。"(《论语·卫灵公第十五》)

孟子曰："君子以仁存心，以礼存心。仁者爱人，有礼者敬人。爱人者人恒爱人，敬人者人恒敬之。……非仁无为也，非礼无行也。"(《孟子·离娄下》)

又曰："恻隐之心，仁也。羞恶之心，义也。恭敬之心，

礼也。是非之心，智也。"（同《告子上》）

以礼为修齐治平之本。

孔子曰："君子博学于文，约之以礼，亦可以弗畔矣夫。"（《论语·雍也第六》）

颜渊问仁。子曰："克己复礼为仁。一日克己复礼，天下归仁焉。……"颜渊曰："请问其目。"子曰："非礼勿视，非礼勿听，非礼勿言，非礼勿动。"（同《颜渊第十二》）

孔子告伯鱼，曰："不学礼，无以立。"（同《季氏第十六》）

又曰："不知礼，无以立也。"（同《尧曰第二十》）

又曰："事君尽礼。"（同《八佾第三》）

又对定公曰："君使臣以礼。"（同上）

又曰："能以礼让为国乎，何有？"（同《里仁第四》）

又告曾皙曰："为国以礼。"（同《先进第十一》）

又告樊迟曰："上好礼，则民莫敢不敬。"（同《子路第十三》）

又曰："上好礼，则民易使也。"（同《宪问第十四》）

子夏告司马牛曰："君子敬而无失，与人恭而有礼。四海之内，皆兄弟也。"（同《颜渊第十二》）

无礼则无秩序，而危亡祸乱随之。

《诗》曰："人而无礼，胡不遄死。"（《国风·庸第四·相鼠》篇）

孔子曰："恭而无礼则劳，慎而无礼则葸，勇而无礼则乱，直而无礼则绞。"（《论语·泰伯第八》）

《记》曰："治国不以礼，犹无耜而耕也。"（《礼运第九》）

《左传》：楚屈瑕伐罗，斗伯比送之。还，谓其御曰："莫敖必败。举趾高，心不固矣。"遂见楚子曰："必济师。"（《桓公十三年》）

又，天王（周襄王）使召武公，内史过赐晋侯（晋惠公）命。受玉惰。过归，告王曰："晋侯其无后乎。王赐之命而惰于受瑞，先自弃也已，其何继之有？礼，国之干也。敬，礼之与也。不敬，则礼不行。礼不行，则上下昏。何以长世？"（《僖公十一年》）

又，晋侯（厉公）使郤锜来乞师，将事不敬。孟献子曰："郤氏其亡乎！礼，身之干也。敬，身之基也。郤子无基。且先君之嗣卿也，受命以求师，将社稷是卫，而惰弃君命也。不亡何待？"（《成公十三年》）

又，公及诸侯朝王，遂从刘康公、成肃公会晋侯伐秦。成子受脤于社，不敬。刘子曰："……国之大事，在祀与戎。祀有执膰，戎有受脤，神之大节也。今成子惰，弃其命矣，

其不反乎？"（同上）

又，卫侯（定公）飨苦成叔（晋新军将郤犫），宁惠子相。苦成叔傲。宁子曰："苦成家其亡乎！古之为享食也，以观威仪，省祸福也。……今夫子傲，取祸之道也。"（《成公十四年》）

又邾隐公来朝，子贡观焉。邾子执玉高，其容仰。公受玉卑，其容俯。子贡曰："以礼观之，二君者皆有死亡焉。……高仰，骄也。卑俯，替也。骄近乱，替近疾。君为主，其死亡乎？"（《定公十五年》）

凡《左传》所举诸人之议论，皆如影之随形，响之随声，无不念者，固由于左氏好语怪，然实足以代表儒家之见解也。又恐礼之束缚人心太甚，则人类感苦痛也，乃以乐调节之。

《记》曰："礼也者，反其所自生。乐也者，乐其所自成。是故先王之制礼也，以节事。修乐，以道志。故观其礼乐，而治乱可知也。"（《礼器第十》）

又曰："乐由中出，礼自外作。乐由中出，故静。礼自外作，故文。大乐必易，大礼必简。乐至则无怨，礼至则不争。揖让而治天下者，礼乐之谓也。"（《乐记第十九》）

而以为声音之道与政通。

《记》曰："治世之音安以乐，其政和。乱世之音怒以怨，其政乖。亡国之音哀以思，其民困。声音之道，与政通矣。"（同上）

又曰："郑卫之音，乱世之音也，比于慢矣。桑间濮上之音，亡国之音也，其政散，其民流，诬上行私，而不可止也。"（同上）

视礼乐与政刑有同等之效力。

《记》曰："故礼以道其志，乐以和其声，政以一其行，刑以防其奸。礼乐刑政，其极一也，所以同民心而出治道也。"（同上）

而归本其制作权于古先圣王。

《中庸》曰："非天子，不议礼。……虽有其位，苟无其德，不敢作礼乐焉。虽有其德，苟无其位，亦不敢作礼乐焉。"（第二十八章）

孔子曰："天下有道，则礼乐征伐自天子出。"（《论语·季氏第十六》）

孔子最重乐者也，故在鲁尝语鲁大师乐。（《论语·八佾第三》）又尝称道之曰：

> 师挚之始，关雎之乱，洋洋乎，盈耳哉！（同《泰伯第八》）
> 又在齐闻韶，三月不知肉味。曰："不图为乐之至于斯也。"（同《述而第七》）
> 又谓："韶，尽美矣，又尽善也。"谓："武，尽美矣，未尽善也。"（同《八佾第三》）

其平素持论，常以礼乐并举。

> 子曰："兴于诗，立于礼，成于乐。"（同《泰伯第八》）
> 子曰："文之以礼乐，亦可以为成人矣。"（同《宪问第十四》）

其一部分之弟子，亦颇能实行孔子主义，以礼乐为教。如子游为武城宰，子之武城，闻弦歌之声者，是也。（《论语·阳货第七》）然重礼太甚，容易流于形式，而缺乏精神，此后世中国全国社会之积弊，而春秋时已见其端。孔子深忧之，其平素论调，颇思患预防。

> 子曰："人而不仁，如礼何？人而不仁，如乐何？"（同

《八佾第三》)

　　林放问礼之本。子曰："大哉问！礼，与其奢也，宁俭。丧，与其易也，宁戚。"（同上）

　　又曰："质胜文则野，文胜质则史。文质彬彬，然后君子。"（同《雍也第六》）

　　又曰："礼云礼云，玉帛云乎哉？乐云乐云，钟鼓云乎哉？"（同《阳货第十七》）

　　盖深恐世人趋于形式而忘其本也。然提倡礼而防其趋于形式，是犹提倡男女交际，而防其发生恋爱；提倡军国主义，而防其侵略邻国领土，势固有所不能。况礼仪三百，威仪三千（《中庸》第二十七章），繁复丛脞，既非社会一般人所能奉行，仅为上流阶级专用品。而季氏舞八佾，旅泰山，三家以雍彻。（《论语·八佾第三》）上流阶级之人，其无知妄作，僭窃礼乐，干名犯义犹如此，则下流阶级之人可知。当时如此，则后世可知矣。

　　丧礼之重，尤为一般社会所不易奉行。儒教之徒，亦颇有觉其太过者。孔子之弟子宰我，乃用"以子之矛攻子之盾"之法，来相质问。曰：

　　三年之丧，期已久矣。君子三年不为礼，礼必坏。三年不为乐，乐必崩。（《论语·阳货第十七》）

换言之，即君相三年不为政，政必弛。士子三年不为学，学必荒。农夫三年不耕种，田必芜。商贾三年不贸易，业必倒。一般社会之人，三年不做应做之事，则社会必逐渐退化。此至明极浅之理，虽田夫野老妇人孺子皆能领略，而不能强词夺理，来相辨驳者也。孔子亦不能作正确答覆，而但告以：

> 女安，则为之！夫君子之居丧，食旨不甘，闻乐不乐，居处不安，故不为也。今女安，则为之！（同上）

及其既出，始曰：

> 予之不仁也！子生三年，然后免于父母之怀。夫三年之丧，天下之通丧也。予也有三年之爱于其父母乎？（同上）

则孔子亦几穷于措词矣。

礼足以维持秩序，诚为国家及社会必不可少之物。然繁礼虚文太多，则旷时费日、劳精损神、伤财耗资，反有害于国家及社会。故墨徒深不以为然。其《非儒》篇曰：

> 其亲死，列尸弗敛（与殓同），登岸，窥井，挑鼠穴，探涤器，而求其人焉。以为实在，则愚甚矣。如其亡也，

必求焉，伪亦大矣！（《非儒下第三十九》）

此讥儒教丧礼之作伪也。又曰：

取妻舟迎，祗褍为仆（祗敬也，褍端也）。秉辔授绥，如仰严亲。昏礼威仪，如承祭礼。（同上）

此讥儒教婚礼之作伪也。又引晏子对齐景公之言曰：

夫儒，浩居而自顺者也，不可以教下。好乐而淫人，不可使亲治。立命而怠事，不可使守职。宗丧循哀，不可使慈民。机服勉容，不可使导众。（同上）

此讥儒教徒之矫揉造作也。又曰：

孔某盛容修饰以蛊世，弦歌鼓舞以聚徒，繁登降之礼以示仪，务趋翔之节以劝众，儒教不可使议（晏子作仪）世，劳思不可以补民，絫寿不能尽其学。当年不能行其礼，积财不能赡其乐，繁饰邪术以营世君，盛为声乐以淫遇（疑当作愚）民，其道不可以期世，其学不可以导众。（同上）

此讥儒教宗师孔子个人之矫揉造作也。

以上所举，皆墨教徒攻击之言，反对儒教所主张之礼乐最力者也。墨子个人之议论，亦反对儒教之丧礼甚力。其言曰：

> 执厚葬久丧者言，以为事乎国家。此存乎王公大人有丧者曰：棺椁必重，葬埋必厚，衣衾必多，文绣必繁，邱陇必具。存乎正夫贱人死者，殆竭家室；存乎诸侯死者，殆虚府库。然后金玉珠玑比乎身，纶组节约车马藏乎圹。又必多为屋幕鼎鼓几梴壶滥戈剑羽旄齿革，寝而埋之。（《节葬下第二十五》）

此言厚葬之伤财也。又曰：

> 天子杀殉，众者数百，寡者数十。将军大夫杀殉，众者数十，寡者数人。（同上）

此与孔子所言"始作俑者，其无后乎"（《孟子·梁惠王上》）之论相合，言厚葬之非人道也。又曰：

> 处丧之法将奈何哉？曰：哭泣不秩声，翁缞绖，乘涕，处倚庐，寝苦枕块。又相率强不食而为饥，薄衣而为寒。使面目陷陬，颜色黧黑，耳目不聪明，手足不劲强，不可用

也。（同上）

此言厚葬之时，处丧者之伤生也。又曰：

> 上士之操丧也，必扶而能起，杖而能行，以此共三年。若法，若言行，若道，使王公大人行此，则必不能蚤朝五官六府，辟（同辟）草木，实仓廪。使农夫行此，则必不能蚤出夜入，耕稼树艺。使百工行此，则必不能修舟车，为器皿矣。使妇人行此，则必不能夙兴夜寐，纺绩织纴。……以此求富，此譬犹禁耕而求获也。（同上）

此言厚葬者之家庭，处丧者旷时废事也。又曰：

> 今惟毋以厚葬久丧者为政。君死，丧之三年。父母死，丧之三年。妻与后子死者五，皆丧之三年。然后伯叔父兄弟孽子其（同期），族人五月，姑姊甥舅皆有月数，则毁瘠必有制矣。……是故百姓冬不仞（同忍）寒，夏不仞暑，作疾病死者，不可胜计也。此其为败男女之交多矣。以此求众，譬犹使人负剑而求其寿也。（同上）

此言厚葬之时，处丧者减少生殖力也。又曰：

　　故古圣王制为葬埋之法，曰：棺三寸足以朽体，衣衾三领足以覆恶。以及其葬也，下毋及泉，上毋通臭，葬若参耕之亩则止矣。死者既以葬矣，生者必无久哭，而疾而从事。人为其所能，以交相利也。此圣王之法也。（同上）

　　又《节用上》篇之文意与此同，兹不具录。

此言古先圣王以薄葬为法也。

以上所举墨子之论，固有过于矫激之处，然为现在之中国社会说法，则不愧为暮鼓晨钟，足以发人深省矣。况庐墓之制，人人知其不能行，且除去历史上一部分最少数之人外，亦并未尝实行。何必留此一种虚文，为伪孝子作钓名之具也。

墨子之学说，专讲实利主义者也，故对于乐亦以为多事。其言曰：

　　且夫仁者之为天下度也，非为其目之所美，耳之所乐，口之所甘，身体之所安。以此亏夺民衣食之财，仁者弗为也。是故子墨子之所以非乐者，非以大钟鸣鼓琴瑟之声，以为不乐也。……虽……耳知其乐也，然上考之不中圣王之事，下度之不中万民之利。是故子墨子曰：为乐非也。（《非乐上第三十二》）

此言乐之伤财也。又曰：

　　民有三患，饥者不得食，寒者不得衣，劳者不得息。三者，民之巨患也。然即当为之撞巨钟，击鸣鼓，弹琴瑟，吹竽笙，而扬干戚，民衣食之财，将安可得乎？即我以为未必然也。（同上）

此言乐之无益于民也。又曰：

　　今有大国即攻小国，有大家即伐小家，强劫弱，众暴寡，诈欺愚，贵傲贱，寇乱盗贼并兴，不可禁止也。然即当为之撞巨钟，击鸣鼓，弹琴瑟，吹竽笙，而扬干戚，天下之乱也，将安可得而治与？即我未必然也。（同上）

此言乐之无益于国家也。又曰：

　　今王公大人惟无处高台厚榭之上，而视之钟犹是延鼎也，弗撞击将何乐得焉哉？其说将必撞击之。……将必不使老与迟者。老与迟者，耳目不聪明，股肱不毕强，声不和调，明不转朴。将必使当年（谓适当之年即壮年也），因其耳目之聪明，股肱不毕强，声之和调，眉之转朴。使丈夫为之，废丈夫耕稼树艺之时。使妇人为之，废妇人纺绩织纴之事。今王公大人惟毋为乐，亏夺民衣食之时，以拊乐如此多

也。是故子墨子曰：为乐非也。（同上）

此言奏乐之人旷时废事也。又曰：

> 今大钟鸣鼓琴瑟竽笙之声既已具矣，大人肃然奏而独听之，将何乐得焉哉？……与君子听之，废君子听治。与贱人听之，废贱人之从事。今王公大人惟毋为乐，亏夺民衣食之财，以拊乐如此多也。是故子墨子曰：为乐非也。（同上）

此言听乐之人亦旷时废事也。

以上所举，墨子非乐之论，诚不免有偏颇之处。盖墨子以严格消极地论必要之欲望，知有物质上之实利，而不知有精神上之实利。知娱乐之事足以旷时废事，而不知其能以间接力陶铸人之德性，增长人之智慧，舒宣人之筋力，而所得者足以偿所失而有余也。墨学之所以不能大行于后世者，其原因未始不在此。庄子论之曰："其生也勤，其死也薄，其道大觳，使人忧，使人悲，其行难为也。恐其不可以为圣人之道，反天下之心。天下不堪。墨子虽能独任，奈天下何！"（《天下》篇）盖墨学最之大缺点在是，庄子其知之矣。

昔者程繁问于墨子曰：

> 昔诸侯倦于听治，息于钟鼓之乐。士大夫倦于听治，息于

竽瑟之乐。农夫春耕、夏耘、秋敛、冬藏，息于聆（当作瓴）
缶之乐。今夫子曰：圣王不为乐。此譬之犹马驾而不税，弓张
而不弛，无乃有血气者所不能至耶。（《三辩第七》）

此言最为中肯。而墨子答辩之言，亦不过杂引古先圣王
之例，谓其乐逾繁者其治逾寡，而于程繁所问之根本理论，卒
不能答也。

> 《记》曰："张而不弛，文武不能也。弛而不张，文武弗为
> 也。一张一弛，文武之道也。"（《杂记下第二十一》）
> 孔子曰："小人乐其乐而利其利。"（《大学·传三章》）

近世言实利主义者，类皆以快乐主义辅之。今墨子以利
导民，而乐之是仇，能张而不能弛。此其理论虽高尚，而与
一般俗人心理不合，其道所以不能大行于后世也。

第四章 政治观念之比较

第一节 对于国家及主权者之观念

一、儒家论国家之起源始于家族。

《大学》曰："古之欲明明德于天下者，先治其国。欲治其国者，先齐其家。欲齐其家者，先修其身。"（《大学·经》）

孟子曰："天下之本在国，国之本在家，家之本在身。"（《孟子·离娄上》）

而即以治家之法推之治国。

《大学》曰："孝者所以事君也，弟者所以事长也，慈者所以使众也。……一家仁，一国兴仁。一家让，一国兴让。一人贪戾，一国作乱。"（《传九章》）

孔子曰："惟孝，友于兄弟，施于有政。"（《论语·为政第二》）

孟子曰："老吾老，以及人之老。幼吾幼，以及人之幼。天下可运于掌。诗云：刑于寡妻，至于兄弟，以御于家邦。"（《孟子·梁惠王上》）

墨子则以为纯由公民同意所造成。其言曰：

古者民始生，未有刑政之时，盖其语，人异义。是以一人则一义，二人则二义，十人则十义。其人兹众，其所谓义者亦愈众。是以人是其义，以非人之义，故交相非也。是以内者父子兄弟，作怨恶离散，不能相和合。天下之百姓，皆以水火毒药相亏害。至有余力不能以相劳，腐朽余财不以相分，隐匿良道不以相教。天下之乱，若禽兽然。夫明乎天下之所以乱者，生于无政长。是故选择天下之贤可者，立以为天子。天子立以为其力未足，又选择天下之贤可者，置立之以为三公。天子三公既以立，以为天下博大，远土异国之民，是非利害之辨，不可一二而明知，故画分万国，立诸侯国君。诸侯国君既已立，以其力为未足，又选择其国之贤可者，置立之以为正长。（《尚同上第十一》）

近世欧陆诸贤，若 Hobbes、Locke、Rousseau 等，皆以

为国家制度未成立以前，人人恣其野蛮之自由，而无限制。既乃不胜其弊，始相聚以谋辑睦之道，而民约立焉。墨子之论国家起源，与民约论派学说相近。所谓"一人一义，十人十义"者，即意欲自由之趋于极端者也。其谓"明乎天下之乱生于无正长，故选择贤可者立以为天子"者，谁明之，民明之；谁选择之，民选择之；谁立之，民立之也。此种理想，与现今欧美各国所行之共和国体暗合，而与儒家之理论，根本上大相径庭者也。

二、墨子对于君权，认为绝对的神圣不可侵犯。

其言曰：

> 正长既已具，天子发政于天下之百姓。言曰闻善而不善，皆以告其上。上之所是，必皆是之。所非，必皆非之。上有过，则规谏之。下有善，必傍荐之。（同上）

又曰："凡乡之万民，皆上同乎国君，而不敢下比。国君之所是，必亦是之。国君之所非，必亦非之。去而不善言，学国君之善言。去而不善行，学国君之善行。国君固国之贤者也，举国人以法国君，夫国何说而不治哉？……凡国之万民，上同乎天子，而不敢下比。天子之所是，必亦是之。天子之所非，必亦非之。去而不善言，学天子之善言。去而不善行，学天子之善行。天子者固天下之仁人也，举天

下之万民以法天子，夫天下何说而不治哉？"(《尚同中第
十二》)

儒家则认为相对的尊严，君臣间之权利义务，时常含有
交换之性质。

定公问："君使臣，臣事君，如之何？"孔子对曰："君
使臣以礼，臣事君以忠。"(《论语·八佾第三》)

齐景公问政于孔子。孔子对曰："君君，臣臣，父父，
子子。"(同《颜渊第十二》)

孟子告齐宣王曰："君之视臣如手足，则臣视君如腹心。
君之视臣如犬马，则臣视君如国人。君之视臣如土芥，则臣
视君如寇雠。"(《孟子·离娄下》)

王曰："礼，为旧君有服，何如斯可为服矣？"曰：
"谏行，言听，膏泽下于民。有故而去，则君使人导之出疆，
又先于其所往。去三年不反，然后收其田里。此之谓三有
礼焉。如此，则为之服矣。今也为臣，谏则不行，言则不
听，膏泽不下于民。有故而去，则君搏执之，又极之于其所
往。去之日，遂收其田里。此之谓寇雠。寇雠何服之有？"
(同上)

穆公问于子思曰："为旧君反服。古与？"子思曰："古
之君子，进人以礼，退人以礼，故有旧君反服之礼也。今之

君子，进人若将加诸膝，退人若将坠诸渊，毋为戎首，亦不善乎！又何反服之礼之有？"（《礼记·檀弓下第四》）

君主与人民身份之比较，则民为重，君为轻。

孟子曰："民为贵，社稷次之，君为轻。是故得乎丘民而为天子，得乎天子为诸侯，得乎诸侯为大夫。"（《孟子·尽心下》）

苟君主得罪于人民，则其臣民之中，无论何人，皆可以声罪致讨于君主而不为过。

齐宣王问曰："汤放桀，武王伐纣，有诸？"孟子对曰："于传有之。"曰："臣弑其君，可乎？"曰："贼仁者谓之贼，贼义者谓之残。残贼之人谓之一夫。闻诛一夫纣矣，未闻弑君也。"（《孟子·梁惠王下》）

盖儒家理想之君主，其性质类乎家长，其人之位置，定于有生以前。虽尊而未必贤，故对于其权利，常欲加以限制。墨家理想之君主，其性质类乎现在共和国之大总统。其人即由人民公举，当然系团体中优秀分子。故委以全权，以促进社会之进步。盖儒家对于君主，虽主张世及，而有不尽专制者存。

墨家对于君主,虽主张选举,而亦有不尽共和者存。此二家理想上根本不同之点也。

儒家推崇尧舜,主张禅让。然尧舜之禅让,完全出于君主个人之私相授受,并非由人民公选,故其精神完全与墨子学说不同。

三、儒家墨家皆以天限制君权。

《书》曰:"天用剿绝其命,今予惟恭行天之罚。"(《夏书·甘誓》)

又曰:"先王克谨天戒。"(同《胤征》)

又曰:"有夏多罪,天命殛之。"(《商书·汤誓》)

又曰:"罪当朕躬,弗敢自赦,惟简在上帝之心。"(同《汤诰》)

又曰:"古有夏先后,方懋厥德,罔有天灾。……于其子孙弗率,皇天降灾,假手于我有命。"(同《伊训》)

又曰:"惟上帝不常。作善,降之百祥。作不善,降之百殃。"(同上)

又曰:"先王顾諟天之明命,以承上下神祇。……天监其德,用集大命,抚绥万方。"(同《太甲上》)

又曰:"天难谌,命靡常。……夏王弗克庸德,慢神虐民。皇天弗保,监于万方,启迪有命,眷求一德,俾作神主。"(同《咸有一德》)

又曰："天子！天既讫我殷命。"（同《西伯戡黎》）

又曰："今商王受，弗敬上天。……皇天震怒，命我文考，肃将天威，大勋未集。……商罪贯盈，天命诛之，予弗顺天，厥罪为钧。"（《周书·泰誓上》）

万章曰："然则舜有天下也，孰与之？"曰："天与之。""天与之者，谆谆然命之乎？"曰："否。天不言，以行与事示之而已矣。"（《孟子·万章上》）

墨子曰："夫既尚同乎天子，而未上同乎天者，则天灾将犹未止也。……故古者圣王明天鬼之所欲，而避天鬼之所憎。"（《尚同中第十二》）

又曰："天下既已治，天子又总天子之义，以尚同于天。"（《尚同下第十三》）

又曰："天子未得恣己而为政，有天正之。"（《天志上第二十六》）

又曰："昔三代圣王禹汤文武，此顺天意而得赏者也。昔三代之暴王桀纣幽厉，此反天意而得罚者也。"（同上）

又曰："天子为善，天能赏之。天子为暴，天能罚之。天子有疾病祸祟，必斋戒浴沐，洁为酒醴粢盛，以祭祀天鬼，则天能除去之。"（《天志中第二十七》）

近世欧洲各国学说，皆言君主无责任，惟儒家墨家理想中之君主则有责任。所谓责任者何？即对于天而课其功罪也。

日食、彗见、水旱、蝗螟，一切灾异，君主实其咎。此等学说，盛行于西汉中叶以后，阴阳五行家为其中坚，而实滥觞于唐虞三代之时，儒家墨家皆其说教之大师也。君主践位，荐天而受；君主殂落，称天而谥。《春秋》所谓"以天统君"，盖虽专制，而有不能尽专制者存，此欧洲古代神权政体诸国之所无也。盖尝思之，野蛮时代，势不能不用严重之君权以谋统一。严重之君权，固不胜其弊也。然民德民智之程度既未进，实无术以举行监督政府之责任。于此而欲限制君权，非利用宗教迷信之思想，以无形之赏罚临之，势固有所不能。儒墨说法同托诸天，语虽虚幻，乌得已也。然儒墨同托之天，而儒家学说较为圆满。儒家好以天民共举：

《书》曰："惟天无亲，克敬惟亲。民罔常怀，怀于有仁。"（《商书·太甲下》）

又曰："非天私我有商，惟天佑于一德。非商求于下民，惟民归于一德。"（同《咸有一德》）

又曰："今商王受，……自绝于天，结怨于民。"（《周书·泰誓下》）

孟子曰："昔者尧荐舜于天，而天受之。暴之于民，而民受之。"（《孟子·万章上》）

而谓其感情常一致。

《书》曰:"夏王灭德作威,以敷虐于尔万方百姓。尔万方百姓,罹其凶害,弗忍荼毒,并告无辜于上下神祇。天道福善祸淫,降灾于夏,以彰厥罪。"(《商书·汤诰》)

又曰:"天矜下民,民之所欲,天必从之。"(《周书·泰誓上》)

且以民为天之代表。

《书》曰:"天聪明自我民聪明,天明畏自我民明威。"(《虞书·皋陶谟》)

又曰:"天视自我民视,天听自我民听。"(《周书·泰誓中》)

而谓见爱于民者,即受福于天。

孟子曰:"舜相尧,二十有八载,非人之所能为也,天也。尧崩,三年之丧毕,舜避尧之子于南河之南。天下诸侯朝觐者,不之尧之子而之舜。讼狱者,不之尧之子而之舜。讴歌者,不讴歌尧之子而讴歌舜。故曰天也。夫然后之中国,践天子之位焉。"(《孟子·万章上》)

得罪于民者，亦即受祸于天。

《书》曰："夏王灭德作威，……"（《商书·汤诰》，原文已见前页，兹从略）

又曰："惟天惠民，惟辟奉天。有夏桀，弗克若天，流毒下国。天乃佑命成汤，降黜夏命。"（《周书·泰誓中》）

是其所谓天者，已离空想界，以入于现实界，其形式为神权，其精神则全为民权，此儒家学说之特色也。

四、儒家以道德治国。

孔子曰："为政以德。"（《论语·为政第二》）

又曰："道之以政，齐之以刑，民免而无耻。道之以德，齐之以礼，有耻且格。"（同上）

孟子曰："善政不如善教之得民也。善政民畏之，善教民爱之。善政得民财，善教得民心。"（《孟子·尽心上》）

墨子以法治国。

墨子曰："天下从事者，不可以无法仪，无法仪而其事能成者无有。虽至士之为将相者皆有法，虽至百工从事者亦皆有法。百工为方以矩，为圆以规，直以绳，正以县。无巧工不巧工，皆以此五者为法。巧者能中之，不巧者虽不能中，放依以从事，犹逾己。故百工从事，皆有法所度。今大者治天下，其次治大国，而无法所度，此不若百工辩也。"
（《法仪第四》）

盖一为由家族发达而成立之国家，一为由公民组织而成立之国家。其根本的理想不同，故其治国之法亦不同若此也。就形式言之，自然道德高于法制。然中国讲道德二千余年，君主之不道德者常出现。儒教之大师无法以防备之，乃提倡革命，积极地诉诸武力，以剪除不道德者。中国历史上流血惨剧之多，直接之原因，为全体公民法制思想不发达；间接之原因，为道德学说支配一般人民之心灵故也。欧洲法制萌芽不过二百余年，不道德之君主已绝迹，盖大权受各方面公民团体之监督牵掣，君主无支配国家之全权。近世欧洲社会状态所以较为小康者，其原因盖在于此。使墨子学说战胜，则二千年前，吾国法制思想已萌芽。经过汉唐宋明，当然有相当之进步。何至时到如今，犹晦盲否塞，反覆沉痼，人人脑筋中不知法制为何物也。

墨学主张法治，思想诚为高尚，然其立言殊暧昧。

墨子曰："然则奚以为治法而可？故曰莫若法天。天之行广而无私，其施厚而不德，其明久而不衰，故圣王法之。

既以天为法，动作有为必度于天，天之所欲则为之，天所不欲则止。"（《法仪第四》）

是其所谓法者，非具体之成文法，乃渺冥恍惚不可思议之天。此后世所以崇奉之者寥寥也。

第二节 对于社会及人民之观念

儒家理想之国家为家族式。父子兄弟夫妇嫡庶之间，当然不能平等。故其理想之社会，含有阶级制度。

孔子曰："民可使由之，不可使知之。"（《论语·泰伯第八》）

孟子曰："无君子莫治野人，无野人莫养君子。"（《孟子·滕文公上》）

又曰："劳心者治人，劳力者治于人。治于人者食人，治人者食于人。天下之通义也。"（同上）

又孔子好以君子小人对举。如"君子怀德，小人怀土。君子怀刑，小人怀惠。"（《论语·里仁第四》）"君子喻于义，小人喻于利。"（同上）"君子成人之美，不成人之恶。小人反是。"（同《颜渊第十二》）"君子之德风，小人之德草。"（同上）"君子和而不同，小人同而不和。"（同《子路第十三》）"君子上达，小人下达。"（同《宪问第十四》）"君子固穷，小人穷斯滥矣。"（同《卫灵公第十五》）"君子求诸己，小人求诸人。"（同上）"君子不可小知，而可大受也。小人不可大受，而可小知也。"（同上）"君子有三畏：畏天命，畏大人，畏圣人之言。小人不知天命而不畏也，狎大人，侮圣人之言。"（同《季氏第十六》）"君子学道则爱人，小人学道则易使也。"（同《阳货第十七》）"君子有勇而无义为乱，小人有勇而无义为盗。"（同上）等类语甚多。所谓君子，指王公大人及士大夫，非必指圣贤。所谓小人，指细民，非必指穷凶极恶之奸人也。

又孔子所谓"小人哉，樊须也"（《论语·子路第十三》），"譬诸小人，其犹穿窬之盗也与"（同《阳货第十七》），"唯女子与小人为难养也"（同上）等语中之小人，亦指细民及下流阶级之人，非指恶人也。

以亲亲、贵贵、尊贤、尚齿为其标准。

《大学》曰："君子贤其贤而亲其亲。"（《传三章》）

《中庸》曰："宗庙之礼，所以序昭穆也。序爵，所以辨贵贱也。序事，所以辨贤也。旅酬，下为上，所以逮贱也。燕毛，所以序齿也。"（第十九章）

又曰："亲亲之杀，尊贤之等，礼所生也。"（第二十章）

孟子曰："天下有达尊三：爵一，齿一，德一。朝廷

莫如爵，乡党莫如齿，辅世长民莫如德。"(《孟子·公孙丑下》)

又曰："用下敬上，谓之贵贵。用上敬下，谓之尊贤。贵贵尊贤，其义一也。"(同《万章下》)

《记》曰："昔者有虞氏贵德而尚齿，夏后氏贵爵而尚齿，殷人贵富而尚齿，周人贵亲而尚齿。"(《祭仪第二十四》)

其组织为由周初至春秋时代社会制度之背景。

周初，封黄帝之后于蓟，帝尧之后于祝，帝舜之后于陈，夏之后于杞，殷之后于宋，贵贵也。封太公于齐，尊贤、尚齿也。封鬻熊之后熊绎于楚，尊贤也。封周公旦于鲁，召公奭于燕，尊贤、亲亲也。封诸弟叔鲜于管，叔度于蔡，叔处于霍，叔封于卫，叔振铎于曹等，皆亲亲也。春秋时代各国之世卿，若鲁之三桓，郑之七穆，楚之昭、屈、景，宋之华、向等，皆宗室出身之世卿，亲亲也。齐之国高，为天子派遣之世卿，贵贵也。晋之十一卿族（郤氏、狐氏、乐氏、先氏、胥氏、赵氏、中行氏、范氏、知氏、韩氏、魏氏），为功臣出身之世卿，尊贤、贵贵也。（第一代以才选为尊贤，第二代以下以世及相续为贵贵。）秦之蹇叔、百里奚等，皆以年高德劭之老名流为卿，尊贤、尚齿也。

与现今世界各立宪君主国社会制度相似。

日本、英国之皇族，出身皆优于平民，亲亲也。日本之华族、英国之贵族（Lord），在社会上之位置优于平民，贵贵也。日本之元老（故公爵伊藤博文、山县有朋、大山岩，侯爵井上馨、大隈重信，现存之侯爵松方正毅，公爵西园寺公望等），隐握政界之大权，尊贤、尚齿也。日本之平民宰相（原敬），英国之犹太民族出身之宰相（的士黎里 Benjamin　Disraeli），尊贤也。

墨家理想之国家，为公民选举制。故其理想之社会，为平等制度，以尚贤为标准。

> 墨子曰："国有贤良之士众，则国家之治厚。贤良之士寡，则国家之治薄。故大人之务，将在于众贤而已。……是故古者圣王之为政，言曰：不义不富，不义不贵，不义不亲，不义不近。是以国之富贵人闻之，皆退而谋曰：始我所恃者富贵也。今上举义不辟贫贱，然则我不可不为义。亲者闻之，亦退而谋曰：始我所恃者亲也。今上举义不辟亲疏，然则我不可不为义。近者闻之，亦退而谋曰：始我所恃者近也。今上举义不辟近，然则我不可不为义。远者闻之，亦退而谋曰：我始以远为无恃。今上举义不辟远，然则我不可不为义。逮至远鄙郊外之臣、门庭庶子、国中之众、四鄙之萌（氓字之假音）人，闻之皆竞为义。……故古者圣王之为政，列德而尚贤。虽在农与工肆之人，有能则举之。……故当是时，以德就列，以官服事，以劳殿赏，量功而分禄。故官无常贵，

而民无终贱，有能则举之，无能则下之。"（《尚贤上第八》）

又曰："故古者圣王甚尊尚贤而任使能，不党父兄，不偏富贵，不嬖颜色。贤者举而上之，富而贵之，以为官长。不肖者抑而废之，贫而贱之，以为徒役。是以民皆劝其赏，畏其罚，相率而为贤者，以贤者众而不肖者寡，此谓进贤。然后圣人听其言，迹其行，察其所能，而慎予官，此谓事能。"（《尚贤中第九》）

又《尚同上》所谓"选择天下之贤可者，置立之以为天子三公诸侯国君"等，意与此同。

其组织为战国时代社会制度之背景。

春秋时代，世禄世官，纯为贵族专制政体，选举之制虽有而不用。战国时代，竞争剧烈，得士者霸，失士者亡。列国君主，各卑礼厚币，招致游士，不论亲疏，不问新旧，苟有奇才异能，虽仇必用，虽奸必赏，大率以多为贵。齐宣王时，稷下谈士至数千人。战国末年，齐孟尝君田文、魏信陵君公子无忌、赵平原君公子胜、楚春申君黄歇，各养士数千人，天下号曰四君。平民之中，有一技之长者，皆可凭借之以取富贵。加以群雄割据方隅，各自有用人行政之主权，士之求显名者，甲国不用，则去而之乙国，昨日为逃亡之羁旅，今日为名誉之宰相。法学家之申不害、卫鞅，纵横家之苏秦、张仪，军事家之吴起、孙膑等，或起自刑余，或出身逃虏，皆以匹夫崛起为大国将相。儒家之孟子、荀子，墨家之宋钘、尹文等，亦到处受人欢迎，与列国王侯分庭抗礼，世不以为怪也。（拙著《中国史》第一编第三期第七章第一节）

与现今欧美各共和国制度相似。

代表者为美国。美国无阶级制度，历任之大总统，皆起家平民也。

凡在未开化之社会，亲贵与疏贱之间，等级最严。故唐虞时代，有百姓与黎民之分，至孟子时犹有君子野人之别。各国之古代社会莫不惟亲与贵之是尚，其真能尚贤者，则入军国社会后而始然也。凡在亲贵并建之社会，则竞争淘汰之力，不能循自然轨道以行，而实行之能力因以不发达。墨子之尚贤主义，实取旧社会阶级之习，根本推翻之也。墨子之教，义利同体，故以尚贤劝实行，所谓"不党父兄，不偏富贵"，又曰"官无常贵，民无终贱"者，皆使全社会中，非实行者不得实利。此劝之之道也。

第三节　对于经济之观念

当今之世界，一经济竞争之世界也。凡经济丰富者国强，经济缺乏者国弱，经济组织毫无者国亡。（即或不亡，夫固不成其为国家也。）其国家能否存立于世界，须视其经济状况如何。其内阁运命之久暂，须视其经济政策如何。盖经济为国家命脉，匪今斯今，振古如兹矣。儒墨二家，夙着眼于此。

子贡问政。子曰："足食，足兵，民信之矣。"（《论语·颜渊第十二》）

子适卫，冉有仆。子曰："庶矣哉！"冉有曰："既庶矣，又何加焉？"曰："富之。"（同《子路第十三》）

墨子曰："仁之事者，必务求兴天下之利，除天下之害。"（《非乐上第三十二》）

又曰："凡五谷者，民之所仰也，君之所以为养也。故民无仰则君无养，民无食则不可事。"（《七患第五》）

又曰："食者，国之宝也。"（同上）

又曰："国无三年之食者，国非其国也。"（同上）

又生计问题，与国民道德有密切关系。故欲讲德育者，必先于生计问题植其大原。儒墨皆教育家也，夙着眼于此。

孟子曰："富岁子弟多赖，凶岁子弟多暴。非天之降才尔殊也，其所以陷溺其心者然也。"（《孟子·告子上》）

墨子曰："时年岁善，则民仁且良。时年岁凶，则民吝且恶。夫民何常之有？"（《七患第五》）

儒家之经济学，以土地、劳力、资本为原素，而计较其生利、分利两者之多寡，颇合于现在经济学之原则。

《大学》曰："有人此有土，有土此有财，有财此有用。"（《传十章》）

又曰："生财有大道：生之者众，食之者寡，为之者疾，用之者舒，则财恒足矣。"（同上）

孟子所提倡之井田之法，颇类似现在社会共产主义。不过井田之法，由君主分配；社会共产主义所主张者，由国民中一党或一派之有势力者自由分配。主权者之位置不同为稍异耳。（井田之法详见《孟子·滕文公上》滕文公问为国章，文繁不具引。）

但儒家学说，主张以道德治国，蔑视经济政策。

《大学》曰："德者，本也。财者，末也。"（《传十章》）

其对于经济之观念，多注重消极的方面。

孔子曰："道千乘之国，……节用而爱人。"（《论语·学而第一》）

又曰："禹，吾无间然矣。菲饮食，而致孝乎鬼神。恶衣服，而致美乎黻冕。卑宫室，而尽力乎沟洫。禹，吾无间然矣。"（同《泰伯第八》）

提倡藏富于民政策，反对加税。

哀公问于有若曰："年饥，用不足，如之何？"有若对曰："盍彻乎？"曰："二，吾犹不足，如之何其彻也？"对曰："百姓足，君孰与不足？百姓不足，君孰与足？"（同《颜渊第十二》）

孟子对梁惠王曰："地方百里，而可以王。王如施仁政于民，省刑罚，薄税敛。"（《孟子·梁惠王上》）

又曰："易其田畴，薄其税敛，民可使富也。"（同《尽心上》）

深恶好货之君与聚敛之臣。

孟献子曰："百乘之家，不畜聚敛之臣。与其有聚敛之臣，宁有盗臣。"（《大学·传十章》）

《大学》曰："长国家而务财用者，必自小人矣。彼为善之，小人之使为国家，灾害并至。虽有善者，亦无如之何矣。"（同上）

季氏富于周公，而求也为之聚敛而附益之。子曰："非吾徒也，小子鸣鼓而攻之可也。"（《论语·先进第十一》）

季氏将伐颛臾。孔子曰："求，无乃尔是过与？……丘也闻有国有家者，不患寡而患不均，不患贫而患不安。盖均无贫，和无寡，安无倾。"（同《季氏第十六》）

而于积极之经济政策，未遑虑及，且有时反对积极政策，持论未免失之矫激耳。

孟子曰："故善战者服上刑，连诸侯者次之，辟草莱任土地者次之。"（《孟子·离娄上》）

又曰："今之事君者，曰：我能为君辟土地，充府库。今之所谓良臣，古之所谓民贼也。"（同《告子下》）

墨子主张实利主义者也，故其所提倡之学说，以兴利为目的。

仁之事者，必务求兴天下之利，除天下之害。（《非乐上第三十二》）

今且天下之王公大人士君子，中情将欲求兴天下之利，除天下之害。（《非攻下第十九》）

其消极的经济观察，与儒家见解相似。

> 为者寡，食者众，则岁无丰。故曰：财不足则反之时，食不足则反之用。故先民以时生财，固本而用财，则财足。故虽上世之圣王，岂能使五谷常收，而旱水不至哉！然而无冻馁之民者何也？其力时急而自养俭也。……其生财密而用之节也。（《七患第五》）

此种议论，颇与《大学》所谓生众、食寡、为疾、用舒宗旨相合。而其严重计较生利，分利两者之多寡，定明界限，以节用二字，为唯一不二之理财方法。凡劳费而直接无利者，皆在反对之列。《节用中》曰："诸加费不加于民利者，圣王弗为。"此墨家经济学之公例也。

> 其言曰："古之民未知为宫室时，就陵阜而居，穴而处下，润湿伤民，故圣王作为宫室。为宫室之法，曰：高足以辟润湿，边足以圉风寒，上足以待霜雪雨露，宫墙之高，足以别男女之礼，谨此则止。费财劳力不加利者不为也。"（《辞过第六》）
>
> 又曰："古之民未知为衣服时，衣皮带茭，冬则不轻而温，夏则不轻而清。圣王以为不中人之情，故作诲妇人，治丝麻，捆布绢，以为民衣。为衣服之法，冬则练帛之中，足

以为轻且暖，夏则绤绤，轻且清。谨此则止。故圣人之为衣服，适身体和肌肤而足矣，非荣耳目而观愚民也。当是之时，坚良车马不知贵也，刻镂文采不知喜也，何则？其所以道之然。故民衣食之财，家足以待水旱凶饿者，何也？得其所以自养之情，而不感于外也。是以其民俭而易治，其君用财节而易赡也。"（同上）

本篇所论饮食、舟车、男女各节，语意略同，又《节用上》篇所论衣裳、宫室、甲盾五兵、舟车各节，《节用中》篇所论饮食、衣服、兵甲、舟车、丧葬、宫室各节，语意亦同，文繁不具引。

墨子之经济学说，以劳力为独一无二之生产要素。其施行方法：

一、增加人口。

其言曰："当今之君，其蓄私也，大国拘女累千，小国累百，是以天下之男多寡无妻，女多拘无夫，男女失时，故民少。君实欲民之众而恶其寡，则蓄私不可不节。"（《辞过第六》）

又曰："昔者圣王为法，曰：丈夫年二十，毋敢不处家。女子年十五，毋敢不事人。……此不惟使民蚤处家而可以倍与。……今天下为政者，其所以寡人之道多，其使民劳，其

籍敛厚，民财不足，冻馁死者不可胜数也。且大人惟毋（同
贯）兴师以攻伐邻国，久者终年，远者数月，男女久不相见，
此所以寡人之道也与。"（《节用上第二十》）

又曰："今惟毋以厚葬久丧者为政。君死，丧之三年。
父母死，丧之三年。妻与后子死者五，皆丧之三年。然后伯
父、叔父、兄弟、孽子其；族人五月；姑、姊、甥、舅皆有
数月，则毁瘠必有制矣。此其为败男女之交者多矣。以此求
众，譬犹使人负剑而求其寿也。"（《节葬下第二十五》）

二、讲求卫生。
三、爱惜时日。

其言曰："处丧之法将奈何哉？曰：哭泣不秩声，翁缞
绖垂涕，处倚卢，寝苫枕块。又相率强不食而为饥，薄衣而
为寒。使面目陷陬，颜色黧黑，耳目不聪明，手足不劲强，
不可用也。……上士之操丧也，必扶而能起，杖而能行，以
此共三年。若法，若言行，若道，苟其饥约又若此矣。是故
百姓冬不仞（忍字假音）寒，夏不仞暑，作疾病死者不可胜
计也。"（同上）

墨子之反对厚葬，以其减少生殖力、妨碍卫生、旷废时日
也。此其根本概念，与儒家学说相抵触，而与现在社会主义派
之学说相近。此实积极的主张，非消极政策也。墨子之意，欲

使举国之人，皆为生利之人，而无分利之人；举国之事业，皆为生利之事业，而无分利之事业。故其增加人口，讲求卫生，爱惜时日，皆所以增进劳力之率也。《节用上》篇曰："圣人为政一国，一国可倍也。大之为政天下，天下可倍也。其倍之也，非外取地也，因其国家，去其无足以倍之。"恃此道而已。

墨子对于君主，亦极力提倡节俭，深忌用民力太过。

其言曰："先尽民力无用之功，赏赐无能之人，民力尽于无用，财宝虚于待客，三患也。"（《七患第五》）

又曰："当今之主，其为宫室则与此异矣。必厚作敛于百姓，暴夺民衣食之财，以为宫室台榭曲直之望，青黄刻镂之饰。为宫室若此，故左右皆法象之，是以其财不足以待凶饥，赈孤寡，故国贫而难治也。君实欲天下之治而恶其乱也，当为宫室不可不节。"（《辞过第六》）

本篇所论衣服、饮食、舟车、男女各节，意与此同。文繁不具引。

此种主张，完全与儒家学说同也。

第四节　对于军事之观念

儒家墨家，皆反对战争最力者也。

卫灵公问阵于孔子。孔子对曰:"俎豆之事,则尝闻之矣。军旅之事,未之学也。"明日遂行。(《论语·卫灵公第十五》)

孟子曰:"君不行仁政而富之,皆弃于孔子者也。况于为之强战!争地以战,杀人盈野。争城以战,杀人盈城。此所谓率土地而食人肉,罪不容于死。故善战者服上刑。"(《孟子·离娄上》)

又曰:"今之事君者,曰:……我能为君约与国,战必克。今之所谓良臣,古之所谓民贼也。"(同《告子下》)

又曰:"梁惠王以土地之故,糜烂其民而战之,大败。将复之,恐不能胜,故驱其所爱子弟以殉之。是之谓以其所不爱及其所爱也。"(同《尽心下》)

又曰:"春秋无义战。"(同上)

又曰:"有人曰:我善为阵,我善为战。大罪也。"(同上)

墨子曰:"今有一人,入人园圃,窃其桃李。众闻而非之,上为政者,得则罚之。此何也?以亏人自利也。至攘人犬豕鸡豚者,其不义又甚入人园圃窃桃李。是何故也?以亏人愈多,其不仁兹甚,罪益厚。至入人栏厩,取人牛马者,其不仁义又甚攘人犬豕鸡豚。此何故也?以其亏人愈多。苟亏人愈多,其不仁兹甚,罪益厚。至杀不辜人也,扡其衣

裳，取戈剑者，其不义又甚入人栏厩，取人牛马。此何故
也？以其亏人愈多。苟亏人愈多，其不仁兹甚矣，罪益厚。
当此天下之君子皆知而非之，谓之不义。今至大为攻国，则
弗知非，从而誉之谓之义。此何谓知义与不义之别乎？杀一
人谓之不义，必有一死罪矣。若以此说往，杀十人，十重不
义，必有十死罪矣。杀百人，百重不义，必有百死罪矣。当
此天下之君子皆知而非之，谓之不义。今至不为不义攻国，
则弗之而非，从而誉之谓之义。情不知其不义也，故书其言
以遗后世。若知其不义也，夫奚说书其不义以遗后世哉？"
(《非攻上第十七》)

儒家之反对战争，恶其不仁也。

　　孟子曰："徒取诸彼以与此，然且仁者不为，况于杀人
以求之乎？"(《孟子·告子下》)
　　又曰："君不乡道，不志于仁，而求为之强战，是辅桀
也。"(同上)
　　又曰："不仁哉，梁惠王也。仁者，以其所爱，及其所
爱。不仁者，以其所不爱，及其所爱。"(同《尽心下》)

故提倡仁以抵制之。

孟子对梁惠王曰："王如施仁政于民，省刑罚，薄税敛，深耕易耨。壮者以暇日，修其孝悌忠信，入以事其父兄，出以事其长上，可使制挺，以挞秦楚之坚甲利兵矣。……故曰：仁者无敌。王请勿疑。"（同《梁惠王上》）

又曰："仁人无敌于天下。"（同《尽心下》）

又曰："国君好仁，天下无敌焉。"（同上）

又曰："孔子曰：仁，不可为众也。夫国君好仁，天下无敌。"（同《离娄上》）

墨家之反对战争，以其不利也，故提倡利以防闲之。

墨子曰："今师徒唯毋兴起，冬行恐寒，夏行恐暑，此不可以冬夏为者也。春则废民耕稼树艺，秋则废民获敛。今唯毋废一时，则百姓饥寒冻馁而死者，不可胜数。今尝计军上竹箭羽旄幄幕甲盾拨劫，往而靡弊腑冷不反者，不可胜数。又与矛戟戈剑乘车，其巧往碎折靡弊而不反者，不可胜数。与其牛马肥而往，瘠而反，往死亡而不反者，不可胜数。与其涂道之脩远，粮食辍绝而不继，百姓死者，不可胜数也。与其居处之不安，食饭之不时，饥饱之不节，百姓之道疾病而死者，不可胜数。丧师多不可胜数，丧师尽不可胜计，则是鬼神之丧其主后，亦不可胜数。国家发政，夺民之用，废民之利，若此甚众，然而何为为之？曰：我贪伐胜之

名，及得之利，故为之。子墨子言曰：计其所自胜，无所可用也。计其所得，反不如所丧者之多。"（《非攻中第十八》）

言战争之伤财废时害民蠹国也。

又曰："饰攻战者言曰：南则荆吴之王，北则齐晋之君，始封于天下之时，其土之方，未有至数百里也；人徒之众，未有至数十万人也。以攻战之故，土地之博，至有数千里也；人徒之众，至有数百万也。故当攻战而不可为也。子墨子言曰：虽四五国则得利焉，犹谓之非行道也，譬若医之药人有病者然。今有医于此，和合于祝药于天下之有病者而药之。万人食此，若医四五人得利焉，犹谓之非行药也。"（同上）

言战争之时，少数战胜者虽得利，而多数之战败者则大不利。计较得利者人数之多寡，以反对战争也。

又曰："大国之攻小国，譬犹童子之为马。童子之为马，足用而劳。今大国之攻小国也，攻者，农夫不得耕，妇人不得织，以守为事。攻人者，亦农夫不得耕，妇人不得织，以攻为事。故大国之攻小国也，譬犹童子之为马也。"（《耕柱第四十六》）

言战争之时，攻者与被攻者，双方俱不利也。

"次举吴王阖闾、夫差，晋智伯瑶之例。"(《非攻中第十八》，文繁不具引。)谓好战之君，虽战胜攻取，一时得利，久后亦终不利。计较利害之久暂，而反对战争也。

盖儒家由道德方面着想，墨家由实利方面着想，故其立论不同如此。儒徒孟子，对于墨徒宋轻之寝兵说，固尝持仁义与利，而争辨其是非者也。(见《孟子·告子下》，原文具载于第三章第二节。)然儒家理想之大同主义，二十世纪之文明社会犹未能实行，遑论春秋战国时代。从前俄国所发起之海牙平和会议，现在美国所发起之华盛顿太平洋会议，表面上为爱平和，实际上为避免各国利害之冲突。盖人类为利己心最发达之动物，能计较个人或团体之利害，而避免战争，斯已属进步矣。故与其提倡道德学说，高而近于迂疏，一般世人视为无切己之关系，无宁提倡功利主义，犹浅近明显，人人感切身之利害，而有所趋避，斯战祸亦可稍纾矣。此墨子非攻学说，高出儒家学说一筹者也。

墨子长于军事学，其《公输》《备城门》《备高临》《备梯》《备水》《备突》《备穴》《备蛾傅》《迎敌》《旗帜》《号令》《杂守》等篇，记载攻守之法，研究攻守之具，颇详明确切，可以见诸实行。盖其学说多由实地经验得来，非纸上谈兵者可比，此亦墨学特色，儒家所远不及也。

第五节 对于教育之观念

儒墨皆教育家也,其学说全以劝人为善,戒人为不善为宗旨。故教育事业,耗其生前光阴之大半,占其殁后事功之大半。孔子善于因材施教,同一问题也,其答语因人而异。如:

例一

孟懿子问孝。子曰:"无违。"(《论语·为政第二》)

孟武阳问孝。子曰:"父母唯其疾之忧。"(同上)

子游问孝。子曰:"今之孝者,是谓能养。至于犬马,皆能有养。不敬,何以别乎?"(同上)

子夏问孝。子曰:"色难。有事,弟子服其劳。有酒食,先生馔。曾是以为孝乎?"(同上)

例二

颜渊问仁。子曰:"克己复礼为仁。一日克己复礼,天下归仁焉。为仁由己,而由人乎哉?"(同《颜渊第十二》)

仲弓问仁。子曰:"出门,如见大宾。使民,如承大祭。己所不欲,勿施于人。在邦无怨,在家无怨。"(同上)

司马牛问仁。子曰:"仁者,其言也讱。"曰:"其言也讱,斯谓之仁矣乎?"子曰:"为之难,言之得无讱乎?"

子贡问为仁。子曰："工欲善其事，必先利其器。居是邦也，事其大夫之贤者，友其士之仁者。"（同《卫灵公第十五》）

子张问仁于孔子。孔子曰："能行五者于天下，为仁矣。"请问之。曰："恭，宽，信，敏，惠。恭则不侮，宽则得众，信则人任焉，敏则有功，惠则足以使人。"（同《阳货第十七》）

例三

子路问闻斯行诸。子曰："有父兄在，如之何其闻斯行之？"冉有问闻斯行诸。子曰："闻斯行之。"公西华曰："由也问闻斯行诸，子曰有父兄在。求也问闻斯行诸，子曰闻斯行之。赤也惑，敢问。"子曰："求也退，故进之。由也兼人，故退之。"（同《先进第十一》）

例四

子张问崇德辨惑。子曰："主忠信，徙义，崇德也。爱之欲其生，恶之欲其死。既欲其生，又欲其死，是惑也。"（同《颜渊第十二》）

樊迟……问崇德修慝辨惑。子曰："……先事后得，非崇德与？攻其恶，无攻人之恶，非修慝与？一朝之忿，忘其身以及其亲，非惑与？"（同上）

例五

　　子贡问君子。子曰:"先行其言,而后从之。"(同《为政第二》)

　　司马牛问君子。子曰:"君子不忧不惧。"曰:"不忧不惧,斯谓之君子矣乎?"子曰:"内省不疚,夫何忧何惧?"(同《颜渊第十二》)

　　子路问君子。子曰:"修己以敬。"曰:"如斯而已乎?"曰:"修己以安人。"曰:"如斯而已乎?"曰:"修己以安百姓。修己以安百姓,尧舜其犹病诸?"(同《宪问第十四》)

例六

　　子贡问曰:"何如,斯可谓之士矣?"子曰:"行己有耻,使于四方,不辱君命,可谓士矣。"(同《子路第十三》)

　　子路问曰:"何如,斯可谓之士矣?"子曰:"切切,偲偲,怡怡如也,可谓士矣。朋友切切偲偲,兄弟怡怡。"(同上)

之类。盖各因其材之高下与其所失而告之,故不同也。又如:

　　子贡问政。子曰:"足食,足兵,民信之矣。"(同《颜渊第十二》)

齐景公问政。……孔子对曰:"君君,臣臣,父父,子子。"(同上)

季康子问政。……孔子对曰:"政者,正也。子帅以正,孰敢不正?"(同上)

子路问政。子曰:"先之劳之。"请益。曰:"无倦。"(同《子路第十三》)

仲弓为季氏宰,问政。子曰:"先有司,赦小过,举贤才。"(同上)

叶公问政。子曰:"近者说,远者来。"(同上)

子夏为莒父宰,问政。子曰:"无欲速,无见小利。欲速则不达,见小利则大事不成。"(同上)

颜渊问为邦。子曰:"行夏之时,乘殷之辂,服周之冕,乐则韶舞。放郑声,远佞人。郑声淫,佞人殆。"(同《卫灵公第十五》)

之类。盖各因其人所处境遇之顺逆、位置之高下及其性情之得失,与学问造诣之深浅而告之。故不同如此也。

又同一人也,对于同一问题,几番质疑辨难之时,其答语前后亦异。例如:

例一

樊迟问知。子曰:"务民之义,敬鬼神而远之,可谓知

矣。"问仁。曰:"仁者先难而后获,可谓仁矣。"(同《雍也第六》)

樊迟问仁。子曰:"爱人。"问知。子曰:"知人。"(同《颜渊第十二》)

樊迟问仁。子曰:"居处恭,执事敬,与人忠。虽之夷狄,不可弃也。"(同《子路第十三》)

例二

子张问政。子曰:"居之无倦,行之以忠。"(同《颜渊第十二》)

子张问于孔子曰:"何如,斯可以从政矣?"子曰:"尊五美,屏四恶,斯可以从政矣。"子张曰:"何谓五美?"子曰:"君子惠而不费,劳而不怨,欲而不贪,泰而不骄,威而不猛。"……子张曰:"何谓四恶?"子曰:"不教而杀,谓之虐。不戒视成,谓之暴。慢令致期,谓之贼。犹之与人也,出纳之吝,谓之有司。"(同《尧曰第二十》)

之类。盖因其人当时造诣之深浅及其所处之环境如何,而答语前后不同也。凡人事之纷纭,吾人心理状态之变化,随时随地而异。人事界无印板之历史,吾人脑筋中亦无永久不变之心理。持一定之说以衡之,则扞格不通,论辩繁而寡效。孔子明于此义,故其说教,因人而异,因时而异,因地而异,务期适合于当时之情形、当地之状况，及其人之心理状态。此真善于说教者也。颜渊曰："夫子循循然，善诱人。"（《论语·子罕第九》）孟子曰："孔子，圣之时者也。"（《孟子·万章下》）诚哉言乎，盖"有教无类"（《论语·卫灵公第十五》）为孔子设教之方针，"无可无不可"（同《微子第十八》）为孔子持身涉世之大法。持无可无不可主义，应用于有教无类方面，则用力省而成功倍，此真孔子特色，不愧为古今唯一不二之大教育家也。继孔子而执儒教之牛耳者为孟子，亦教育大家也，其说教善于委曲迁就，引人向上。

例一

　　孟子见梁惠王。王立于沼上，顾鸿雁麋鹿，曰："贤者亦乐此乎？"孟子对曰："贤者而后乐此，不贤者虽有此不乐也。"　乃引《诗·大雅·文王之什·灵台》篇文王经始灵台之事，以证明贤者而后乐此之说。又引《书·汤誓》夏民诅桀之语，以证明不贤者虽有此不乐之说。文繁不具引。（《孟子·梁惠王上》）

例二

　　庄暴见孟子曰："暴见于王，王语暴以好乐，暴未有以对也。曰：好乐何如？"孟子曰："王之好乐甚，则齐国其庶几乎！"他日，见于王曰："王尝语庄子以好乐，有诸？"

王变乎色，曰："寡人非能好先王之乐也，直好世俗之乐耳。"曰："王之好乐甚，则齐其庶几乎！今之乐由古之乐也。"曰："可得闻与？"曰："独乐乐，与人乐乐，孰乐？"曰："不若与人。"曰："与少乐乐，与众乐乐，孰乐？"曰："不若与众。""臣请为王言乐。"　乃胪列百姓闻王奏乐时之感情态度议论如何，以证明独乐乐不若与众乐乐，而劝王与民同乐。文繁不具引。（同《梁惠王下》）

例三

齐宣王问曰："……寡人有疾，寡人好勇。"对曰："王请无好小勇。夫抚剑疾视，曰：彼恶敢当我哉！此匹夫之勇，敌一人者也。王请大之！"　乃引《诗·大雅·文王之什·皇矣》篇文王伐密之事，称为文王之勇，又引《书·泰誓》武王伐纣之事，称为武王之勇，而谓文王、武王皆以一怒而安天下之民，因劝王亦一怒而安天下之民。文繁不具引。（同上）

例四

齐宣王见孟子于雪宫。王曰："贤者，亦有此乐乎？"孟子对曰："有。人不得，则非其上矣。不得而非其上者，非也。为民上而不与民同乐者，亦非也。乐民之乐者，民亦乐其乐。忧民之忧者，民亦忧其忧。乐以天下，忧以天下，然而不王者，未之有也。"　　乃引晏子对齐景公语，谓先王爱民，而民爱戴之；时君纵欲，而民怨恶之，以证明乐民之乐者民亦乐其乐之说，而劝王与民同乐。文繁不具引。（同上）

例五

孟子劝齐宣王行王政。王曰："寡人有疾，寡人好货。"对曰："昔者，公刘好货。"　　乃引《诗·生民之什·公刘》篇周之先君公刘由邠迁豳之时，率其国民，尽携所有赀财以行之事，而谓"王如好货，与百姓同之，于王何有"，以证明好货之无碍于王。（同上）

例六

王曰："寡人有疾，寡人好色。"对曰："昔者，太王好色，爱厥妃。"　　乃引《诗·文王之什·绵》篇太王由豳迁岐之时，率其国民尽室以行之事，而谓"王如好色，与百姓同之，于王何有"，以证好色之无碍于王。

夫好色、好货、好禽兽、好宫室，皆为恶习惯，即好乐、好勇，亦非美德，孟子何以誉之若此？则以战国之时，各国君主皆以聚敛战争为事，民生憔悴已极。齐宣王天资朴实，梁惠王性情忠厚，二君皆非恶人，尚可引导之使底于善。果能爱民而行仁政，则民之悦之，犹解倒悬，区区声色狗马货贿宫室之嗜好，固在所不计较。子夏所谓"大德不逾闲，小德出入可也"（《论语·子张第十九》）者也，孟子诚善于取譬哉。

墨子以传播其学说，为对于社会最要之义务。

例一

　　子墨子自鲁即齐，过故人，谓子墨子曰："今天下莫为义，子独自苦而为义，子不若已。"子墨子曰："今有人于此，有子十人，一人耕而九人处，则耕者不可以不益急矣，何故？则食者众而耕者寡也。今天下莫为义，则子如劝我者也，何故止我？"（《贵义第四十七》）

例二

　　公孟子谓子墨子曰："君子共己以待，问焉则言，不问焉则止。譬若钟然，扣则鸣，不扣则不鸣。"子墨子曰："……若大人行淫暴于国家，进而谏，则谓之不逊。因左右而献谏，则谓之言议。此君子之所疑惑也。若大人为政，将因于国家之难，譬若机之将发也然，君子之必以谏。……若此者，虽不扣必鸣者也。若大人举不义之异行，……欲攻伐无罪之国。……所攻者不利，而攻者亦不利，是两不利也。若此者，虽不扣必鸣者也。"（《公孟第四十八》）

例三

公孟子谓子墨子曰："实为善，人孰不知？譬若良玉，处而不出，有余糈。譬若美女，处而不出，人争求之。行而自炫，人莫知取也。今子遍从人而说之，何其劳也？"子墨子曰："今夫世乱求美女者众，美女虽不出，人多求之。今求善者寡，不强说人，人莫之知也。且有二生于此，善筮。一行为人筮者，……与处而不出者。其糈孰多？"公孟子曰："行为人筮者其糈多。"子墨子曰："仁义钧。行说人者其功善亦多，何故不行说人也！"（同上）

例四

鲁之南鄙人有吴虑者，冬陶夏耕，自比于舜。子墨子闻而见之。吴虑谓子墨子："义耳义耳，焉用言之哉？"……子墨子曰："藉设天下不知耕，教人耕，与不教人耕而独耕者，其功孰多？"吴虑曰："教人耕者其功多。"子墨子曰："藉设攻不义之国。鼓而使众进战，与不鼓而使众进战而独进战者，其功孰多？"吴虑曰："鼓而进众者其功多。"子墨子曰："天下匹夫徒步之士少知义，而教天下以义者，其功亦多，何故弗言也？若得鼓而进于义，则吾义岂不益进哉？"（《鲁问第四十九》）

又曰："翟以为不若诵先王之道而求其说，通圣人之言而察其辞，上说王公大人，次匹夫徒步之士。王公大人用吾

言，国必治。匹夫徒步之士用吾言，行必修。故翟以为虽不耕而食饥，不织而衣寒，功贤于耕而食之织而衣之者也。"（同上）

以上皆墨子所以传播其教义之理由也。凡创立学说者，皆欲传播之。儒家有然，墨家亦有然，此二家之所同也。虽然，儒与墨有不同者一事。儒家所游说者，王公大人而已。（孔子之说鲁定公、哀公、齐景公、卫灵公、孟懿子、武伯、季康子，孟子之说齐宣王、梁惠王，皆其例也。）墨子则下逮匹夫徒步之士。儒家对于匹夫徒步之士，其有愿学者诲之，否则不强。

孔子曰："自行束脩以上，吾未尝无诲焉。"（《论语·述而第七》）

又曰："不愤不启，不悱不发。举一隅不以三隅反，则不复也。"（同上）

《记》曰："礼闻取于人，不闻取人。礼闻来学，不闻往教。"（《曲礼上》）

公孟子曰："君子共己以待，问焉则言，不问焉则止。"（《墨子·公孟第四十八》）

皆此义也。儒家之教育主义，含有几分阶级思想。

孔子曰："民可使由之，不可使知之。"（《论语·泰伯第八》）

即对于优秀分子，施以相当说法，使之了解，不能家喻而户晓也。墨家则不择人而强聒之。

庄子曰："墨子，真天下之好也。……宋钘尹文闻其风而悦之。……周行天下，上说下教。虽天下不取，强聒而不舍者也。故曰：上下见厌而强见也。"（《庄子·天下第三十三》）

此二家之所异也。

概而言之，墨子为一般世人说法，其教义为通俗的，为浅近的。其兼爱主义、实利主义，皆尽人可行。其尊天敬鬼非攻寝兵诸学说，亦适合乎战国时代大多数人之心理也。孔孟为帝王、为君子、为学者、为士大夫说法，其教义比较为高深的，为不普遍的。其制礼作乐主义，治国平天下主义，行仁政主义，皆帝王事业，非一般世人所能奉行。即冠婚丧祭礼之繁重，亦只限于士大夫以上各阶级，尚能勉强奉行，非一般细民所能行也。此儒墨二家教义之区别也。

第五章 儒墨理想中之模范人物

崇拜古人之风，为汉民族特色。先秦诸子创立学说，往往用"我田引水"法，援引古人言行，为其学说之根据，甚或推崇古圣贤为教祖，以夸耀其学说所自出。

孟子曰："有为神农之言者许行。"（《孟子·滕文公上》）

此语最得真相。先秦诸子，盖最喜以今人而为古人之言者也。儒墨教祖，皆先秦诸子之一，其思想自不能逸出此范围以外。孔子生平议论，时常以好古自勖。

子曰："述而不作，信而好古，窃比于我老彭。"（《论语·述而第七》）

又曰："我非生而知之者，好古敏以求之者也。"（同上）

《墨子》之书，一则曰昔者。

昔者文王出走而正天下，桓公去国而霸诸侯，越王勾践遇吴王之丑，而尚摄中国之贤君。（《亲士第一》）

昔者尧舜有茅茨者，且以为礼，且以为乐。（《三辩第七》）

然则富贵为贤以得其赏者谁也？曰：若昔者三代圣王尧舜禹汤文武者是也。……然则富贵为暴以得其罚者谁也？曰：若昔者三代暴王桀纣幽厉者是也。（《尚贤中第九》）

是故昔者舜耕于历山，陶于河濒，渔于雷泽。（《尚贤下第十》）

是故昔者尧之举舜也，汤之举伊尹也，武丁之举傅说也。（同上）

以是故昔者尧有舜，舜有禹，禹有皋陶。（同上）

此外之例尚多，兹不具引。

再则曰古者。

古者王公大人为政于国家者，皆欲国家之富，人民之众，刑政之治。（《尚贤上第八》）

故古者尧举舜于服泽之阳，……禹举益于阴方之中，……

汤举伊尹于庖厨之中，……文王举闳夭、泰颠于置罔之中。（同上）

故古者圣王甚尊尚贤而任使能。（《尚贤中第九》）

古者圣王惟毋（同惯）得贤人而使之，……贤人惟毋得明君而事之。（同上）

古者舜耕历山，陶河濒，渔雷泽。（同上）

古者民始生，未有刑政之时，盖其语人异义。（《尚同上第十一》）

此外之例尚多，兹不具引。

凡有所论议，必引证历史以为根据，其本意并不在述史，不过借古人言行以寄其理想。故书中所记，乃著者理想中人物之言论行事，并非真正历史上人物之言论行事也。儒家学说，提倡尊天敬祖。墨家学说，提倡尊天敬鬼。盖视祖宗之崇，几与天并焉。故其理想中之模范人物，为过去之人物；理想中之黄金世界，为过去之世界。兹试比较研究于下，以供参考。

第一节　理想中之圣君

儒墨教祖，皆政治家也，其平生志望，以改良政治为目的，而以提高君主人格为着手方法。故其学说中，对于忠告君主之议论，殷殷三致意焉。又恐议论宽泛，君主或无所适从也，乃特假设一种模范人物，以为君主摹仿之标准。墨子学说中理想上之模范君主，为尧、舜、禹、汤、文、武。

其言曰："故唯昔三代圣王尧舜禹汤文武之所以王天下正诸侯者，此亦其法已。"（《尚贤中第九》）

又曰："然则富贵为贤，以得其赏者谁也？曰：若昔者三代圣王尧舜禹汤文武者是也。所以得其赏者何也？曰：其为政乎天下也，兼而爱之，从而利之。又率天下之万民，以尚尊天事鬼，爱利万民。是故天鬼赏之，立为天子，以为民父母。万民从而誉之曰圣王，至今不已。"（同上）

又曰："昔三代圣王禹汤文武，此顺天意而得赏者也。"（《天志上第二十六》）

又曰："夫爱人利人顺天之意得天之赏者，谁也？曰：若昔三代圣王尧舜禹汤文武者是也。"（《天志中第二十七》）

又曰："故昔也三代之圣王尧舜禹汤文武之兼爱天下也，从而利之，移其百姓之意焉，率以敬上帝山川鬼神。天以为从其所爱而爱之，从其所利而利之，于是加其赏焉，使之处上位，立为天子以法也，名之曰圣人，以此知其赏善之证。"（《天志下第二十八》）

又曰："凡言凡动，合于三代圣王尧舜禹汤文武者为之。"（《贵义第二十七》）

儒家学说中所推崇之模范君主，大体与墨家学说同，但其中微有轩轾。儒家对于尧舜，推崇备至。

孔子曰："舜其大知也与！舜好问，而好察迩言，隐恶而扬善，执其两端，用其中于民，其斯以为舜乎！"（《中庸》第六章）

又曰："舜其大孝也与！德为圣人，尊为天子，富有四海之内。宗庙飨之，子孙保之。"（同第十七章）

又曰："大哉尧之为君也！巍巍乎唯天为大，唯尧则之。荡荡乎民无能名焉。巍巍乎其有成功也，焕乎其有文章。"（《论语·泰伯第八》）

又曰："无为而治者，其舜也与！夫何为哉？恭己正南面而已矣。"（同《卫灵公第十五》）

孟子曰："欲为君，尽君道。欲为臣，尽臣道。二者皆法尧舜而已矣。"（《孟子·离娄上》）

又曰："舜尽事亲之道，而瞽瞍厎豫。瞽瞍厎豫，而天下化。瞽瞍厎豫，而天下之为父子者定。此之谓大孝。"（同上）

又曰："大孝终身慕父母。五十而慕者，予于大舜见之矣。"（同《万章上》）

又曰："舜之居深山之中，与木石居，与鹿豕游，其所

以异于深山之野人者几希。及其闻一善言，见一善行，若决江河，沛然莫之能御也。"（同《尽心上》）

又曰："鸡鸣而起，孳孳为善者，舜之徒也。"（同上）

对于禹亦然。

孔子曰，"禹，吾无间然矣。菲饮食，而致孝乎鬼神。恶衣服，而致美乎黻冕。卑宫室，而尽利乎沟洫。禹，吾无间然矣。"（《论语·泰伯第八》）

对于文王亦然。

孔子曰："无忧者，其惟文王乎！"（《中庸》第十八章）

孟子曰："文王以民力为台为沼，而民欢乐之。"（《孟子·梁惠王上》）

又对齐宣王曰："文王之囿，方七十里，刍荛者往焉，雉兔者往焉，与民同之。民以为小，不亦宜乎？"（同《梁惠王下》）

又曰："昔者文王之治岐也，耕者九一，仕者世禄，关市讥而不征，泽梁无禁，罪人不孥。"（同上）

又曰："如耻之，莫若师文王。师文王，大国五年，小国七年，必为政于天下矣。"（同《离娄上》）

常以之与舜并举。

孔子曰："巍巍乎舜禹之有天下也，而不与焉！"（《论语·泰伯第八》）

孟子曰："舜，生于诸冯，迁于负夏，卒于鸣条，东夷之人也。文王，生于岐周，卒于毕郢，西夷之人也。地之相去也，千有余里。世之相后也，千有余岁。得志行乎中国，若合符节。先圣后圣，其揆一也。"（《孟子·离娄下》）

对于汤武虽亦尊崇，取以为征诛而得天下者之模范。

齐人伐燕，取之。诸侯将谋救燕。宣王曰："诸侯多谋伐寡人者，何以待之？"孟子对曰："臣闻七十里为政于天下者，汤是也。未闻以千里畏人者也。"（《孟子·梁惠王下》）

万章问曰："宋小国也，今将行王政，齐楚恶而伐之，则如之何？"孟子曰："……汤始征，自葛载。十一征，而无敌于天下。东面而征西夷怨，南面而征北狄怨。曰：'奚为后我？'……有攸不为臣，东征，绥厥士女，匪厥玄黄，绍我周王见休。……不行王政云尔，苟行王政，四海之内，皆举首而望之，欲以为君。齐楚虽大，何畏焉？"（同《滕

文公下》)

又曰:"武王之伐殷也,革车三百辆,虎贲三千人。王曰:无畏! 宁尔也,非敌百姓也。若崩厥角稽首。"(同《尽心下》)

常以之与文王并举。

孔子曰:"文武之政,布在方策。"(《中庸》第二十章)

子贡曰:"文武之道,未坠于地,在人。"(《论语·子张第十九》)

孟子对齐宣王曰:"惟仁者为能以大事小,是故汤事葛,文王事昆夷。"(《孟子·梁惠王下》)

又曰:"……此文王之勇也。文王一怒,而安天下之民。……此武王之勇也。而武王亦一怒,而安天下之民。"(同上)

又曰:"取之而燕民悦,则取之。古之人有行之者,武王是也。取之而燕民不悦,则勿取。古之人有行之者,文王是也。"(同上)

又曰:"以德行仁者王,王不待大。汤以七十里,文王以百里。"(同《公孙丑上》)

公都子引或人之言曰:"是故文武兴则民好善。"(同《告子上》)

然持以与尧舜相较，则时有微辞。

> 孔子谓："韶（舜乐），尽美矣，又尽善也。"谓："武（武王乐），尽美矣，未尽善也。"（《论语·八佾第三》）
> 孟子曰："尧舜性之也，汤武身之也，五霸假之也。"（《孟子·尽心上》）
> 又曰："尧舜性者也，汤武反之也。"（同《尽心下》）

盖尧舜禹皆以禅让而授受天下，汤武以征诛而得天下，其取之之道不同。儒家重礼让，故对于帝位之授受，亦取禅让式。推崇尧舜禹备至，而对于汤武，则微露不满意之处。文王虽及身未得天下，然《春秋传》曰："文王率商之畔国以事纣。"盖当时天下归文王者六州，惟青兖冀三州尚属纣。文王可以有天下而不有，可以取天下而不取，其形式为殷末之忠臣，其精神则完全唐虞时代之让德也。尧授舜，舜授禹，为有形之禅让。文王不忍灭殷，而率商之畔国以事纣，则无形之禅让也。故孔子曰："三分天下有其二，以服事殷，周之德其可谓至德也已矣。"（《论语·泰伯第八》）其推崇之也至矣。

儒教重让德，故有能让国者，皆极力推崇之。殷周之际，能让国者有三人焉，曰伯夷，曰叔齐，曰泰伯。

伯夷、叔齐者，孤竹君之二子。其父将死，遗命立叔齐。父卒，叔齐以伯夷居长，逊于伯夷。伯夷曰："父命也。"遂逃去。叔齐亦不立而逃之，国人立其中子。其后武王伐纣，夷齐扣马而谏。武王灭商，夷齐耻食周粟，去隐于首阳山，采薇食之。（《史记·伯夷列传》）孔孟深敬其为人，褒之不去口，称为人伦之模范。

孔子曰："伯夷叔齐，不念旧恶，怨是用希。"（《论语·公冶长第五》）

子贡问曰："伯夷叔齐何人也？"曰："古之贤人也。"曰："怨乎？"曰："求仁而得仁，又何怨。"（同《述而第七》）

又曰："伯夷叔齐，饿于首阳之下，民到于今称之。"（同《季氏第十六》）

又曰："不降其志，不辱其身，伯夷叔齐与？"（同《微子第十八》）

孟子曰："非其君不事，非其民不使。治则进，乱则退，伯夷也。"（《孟子·公孙丑上》）

又曰："伯夷，非其君不事，非其友不友。不立于恶人之朝，不与恶人言。"（同上）

又曰："伯夷，圣之清者也。"（同《万章下》）

又曰："居下位，不以贤事不肖者，伯夷也。"（同《告子下》）

　　泰伯者，周太王之长子。太王有三子，长泰伯，次仲雍，次季历。太王之时，商道寝衰，而周日强大。季历又生子昌，有圣德。太王因有翦商之志，而泰伯不从，太王遂欲传位季历以及昌。泰伯知之，遂托名采药，与仲雍逃之荆蛮。（《史记·吴太伯世家》）盖表面上似乎背父私逃，而内容含有二层深意：即直接为赞成太王爱怜少子之意，而因以传位季历以及昌，是为让国之深意；间接则反对太王翦商之志，以消极的手段牵制之，为衰殷延数十年之命，是为让天下之深意也。孔子曰："泰伯，其可谓至德也已矣。三以天下让，民无得而称焉。"（《论语·泰伯第八》）其推崇之也至矣。其后昌即位，是为文王，三分天下有其二，而率商之畔国以事纣，亦可谓克绍其伯父之志也已。

　　墨子以抑强扶弱为宗旨，固不反对征诛者也。然其理想中之朝廷，亦以为今不如古，愈古则愈进化。

　　　其言曰："周成王之治天下也，不若武王。武王之治天下也，不若成汤。成汤之治天下也，不若尧舜。"（《三辩·第七》）

此种尚古思想，完全与儒家理想同也。

第二节　理想中之贤相

儒墨学说，既为君主说法，故对于政治上与君主负连带责任之宰相，亦殷殷三致意焉。儒家理想中之君位授受，取禅让形式；墨家则主张选举制度。其行使此禅让权或选举权者，位置虽有贵贱之殊，人数虽有多寡之别（前者为君主，后者为人民；前者为独裁制，后者为普遍制），然前者为推贤让能，后者为选贤与能，所得之结果则一也。

> 孔子曰："大道之行也，天下为公，选贤与能。……是谓大同。"（《礼记·礼运第九》）

盖孔子之大同主义，与墨子之尚同主义（详见《尚同》上中下三篇，文长不具引），其理想大致同也。儒墨学说，对于君主之位置，既主张选贤与能，故对于宰相之位置，亦不限定资格。其理想中之贤相，为平民宰相。

> 子夏曰："舜有天下，选于众，举皋陶，不仁者远矣。汤有天下，选于众，举伊尹，不仁者远矣。"（《论语·颜渊第十二》）
>
> 孟子曰："太公辟纣，居东海之滨，闻文王作，兴曰：盍归乎来！吾闻西伯善养老者。"（《孟子·离娄上》）

又曰："伊尹耕于有莘之野，而乐尧舜之道焉。……汤三使往聘之。……故就汤而说之以伐夏救民。"（同《万章上》）

又曰："舜，发于畎亩之中。傅说，举于版筑之间。胶鬲，举于鱼盐之中。管夷吾，举于士。孙叔敖，举于海。百里奚，举于市。"（同《告子下》）

墨子曰："故古者尧举舜于服泽之阳，……禹举益于阴方之中，……汤举伊尹于庖厨之中，……文王举闳夭、泰颠于置罔之中。"（《尚贤上第八》）

又曰："古者舜耕历山，陶河濒，渔雷泽，尧得之服泽之阳，举以为天子，与接天下之政，治天下之民。伊挚，有莘氏女之私臣，亲为庖人，汤得之，举以为己相，与接天下之政，治天下之民。傅说，被褐带索，庸筑乎傅岩，武丁得之，举以为三公，与接天下之政，治天下之民。"（《尚贤中第九》）

《尚贤下》亦引此三事，文略同，兹从略。

有辅助天子救济人民之义务。

孟子曰："故汤之于伊尹，学焉而后臣之，故不劳而王。"（《孟子·公孙丑下》）

又曰："当尧之时，天下犹未平，洪水横流，泛滥于天下。草木畅茂，禽兽繁殖，五谷不登，禽兽逼人。兽蹄鸟迹之道，交于中国。尧独忧之，举舜而敷治焉。舜使益掌火，益烈山泽而焚之，禽兽逃匿。禹疏九河，瀹济漯而注诸海；决汝汉，排淮泗而注之江，然后中国可得而食也。当是时也，禹八年于外，三过其门而不入，虽欲耕，得乎？后稷教民稼穑，树艺五谷，五谷熟而民人育。……使契为司徒，教以人伦。"（同《滕文公上》）

禹稷当平世，三过其门而不入，孔子贤之。……孟子曰："……禹思天下有溺者，由己溺之也。稷思天下有饥者，由己饥之也。"（同《离娄下》）

南宫适曰："禹稷躬稼，而有天下。"（《论语·宪问第十四》）

墨子曰："古者禹治天下，西为西河渔窦，以泄渠孙皇之水。北为防原泒注，后之邸呼池之窦，洒为底柱，凿为龙门，以利燕代胡貉与西河之民。东方漏之陆防，孟诸之泽，洒为九浍，以楗东土之水，以利冀州之民。南为江汉淮汝东流之注，五湖之处，以利荆楚干越南夷之民。此言禹之事，吾今行兼矣。"（《兼爱中第十五》）

天子年老，可以为其代理人。

帝曰："咨，四岳。朕在位七十载，汝能庸命，巽朕位？"岳曰："否德，忝帝位。"曰："明明，扬侧陋。"师锡帝曰："有鳏在下，曰虞舜。"帝曰："俞？予闻，如何？"岳曰："瞽子，父顽，母嚚，象傲，克谐以孝，烝烝乂，不格奸。"帝曰："我其试哉！"女于时，观厥刑于二女。厘降二女于妫汭，嫔于虞。(《尚书·尧典》)

帝曰："格！汝舜。询事考言，乃言底可绩，三载。汝陟帝位！"舜让于德弗嗣。正月上日，受终于文祖。(同《舜典》)

孟子曰："尧老而舜摄也。"(《孟子·万章上》)

帝曰："格！汝禹。朕宅帝位，三十有三载，耄期倦于勤。汝惟不怠，总朕师。"……禹拜稽首，固辞。帝曰："毋！惟汝谐。"正月朔旦，受命于神宗，率百官若帝之初。(《尚书·大禹谟》)

墨子曰："古者舜耕历山，……尧得之服泽之阳，举以为天子，与接天下之政，治天下之民。"(《尚贤中第九》)

可以为其候补人。

尧曰："咨尔舜！天之历数在尔躬。"(《论语·尧曰第二十》)

帝曰："来，禹！……天之历数在汝躬，汝终陟元后。"(《尚书·大禹谟》)

天子崩，可以为其相续人。

　　孟子曰：“舜相尧，二十有八载。……尧崩，三年之丧毕，舜避尧之子于南河之南。天下诸侯朝觐者，不之尧之子而之舜。讼狱者，不之尧之子而之舜。讴歌者，不讴歌尧之子而讴歌舜。……夫然后之中国，践天子位焉。”（《孟子·万章上》）

　　又曰：“昔者，舜荐禹于天，十有七年，舜崩。三年之丧毕，禹避舜之子于阳城。天下之民从之，若尧崩之后，不从尧之子而从舜也。”（同上）

天子年幼，或放荡，不克绍先王之业，亦可为其代理人。

　　孟子曰：“伊尹相汤，以王于天下。汤崩，太丁未立，外丙二年，仲壬四年。太甲颠覆汤之典刑，伊尹放之于桐。三年，太甲悔过，自怨自艾，于桐，处仁迁义。三年，以听伊尹之训己也，复归于亳。”（同上）

　　公孙丑曰：“伊尹曰：‘予不狎于不顺。’放太甲于桐，民大悦。太甲贤，又反之，民大悦。”（同《尽心上》）

　　《记》曰：“成王幼，不能莅阼。周公相，践阼而治。抗世子之法于伯禽，欲令成王之知父子君臣长幼之道也。成王有过，则挞伯禽，所以示成王世子之道也。”（《文王世子

第八》)

仲尼曰："昔者周公摄政，践阼而治，抗世子法于伯禽，所以善成王也。"（同上）

天子治化之隆替，道德之升降，皆与宰相有密切关系。

舜有臣五人而天下治。武王曰："予有乱臣十人。"孔子曰："才难，不其然乎？唐虞之际，于斯为盛，有妇人焉，九人而已。"（《论语·泰伯第八》）

墨子曰："舜染于许由、伯阳，禹染于皋陶、伯益，汤染于伊尹、仲虺，武王染于太公、周公。此四王者所染当，故王天下，立为天子，功名蔽天地。举天下之仁义显人，必称此四王者。"（《所染第三》）

其代表之人物，为尧之舜，舜之禹、稷、契、皋陶、伯益，汤之伊尹、仲虺，武丁之傅说，武王之太公、周公、泰颠、闳夭、散宜生、南宫括等。

墨子曰："以是故昔者尧有舜，舜有禹，禹有皋陶，汤有小臣，武王有闳夭、泰颠、南宫括、散宜生。"（《尚贤下第十》）

周公曰："君奭！我闻在昔，成汤既受命，时则有若伊尹，格于皇天。在太甲，时则有若保衡。在太戊，时则有若

伊陟、臣扈，格于上帝，巫咸乂王家。在祖乙，时则有若巫
贤。在武丁，时则有若甘盘。……惟文王，尚克修和我有夏，
亦惟有若虢叔，有若闳夭，有若散宜生，有若泰颠，有若南
宫括。"（《尚书·君奭》）

此等理想的模范宰相，儒墨二家学说中之论证，大体一
致也。

<h3 style="text-align:center">第三节　理想中之暴君</h3>

儒墨二家为君主说法，含有积极、消极两方法。其积极
的方法，则引证古昔圣王成功事迹，以鼓励人君为善；其消极
的方法，则引证古昔暴君失败事迹，以警戒人君，使不为不善
也。儒墨理想之暴君，有四人焉，曰桀、纣、幽、厉。

儒家所以非难之者，为其不仁也。

孟子曰："暴其民甚，则身弑国亡。不甚，则身危国削。
名之曰幽厉，虽孝子慈孙，百世不能改也。"（《孟子·离
娄上》）

又曰："桀纣之失天下也，失其民也，失其民者，失其
心也。"（同上）

常以之与尧舜汤武或文武对举，以形容其不善。

《大学》曰："尧舜帅天下以仁而民从之，桀纣帅天下以暴而民从之。"（《传九章》）

孟子曰："欲重之于尧舜之道者，大桀小桀也。"（《孟子·告子下》）

齐宣王问曰："汤放桀，武王伐纣，有诸？"孟子对曰："于传有之。"曰："臣弑其君可乎？"曰："贼仁者谓之贼，贼义者谓之残，残贼之人谓之一夫。闻诛一夫纣矣，未闻弑君也。"（同《梁惠王下》）

又曰："民之归仁也，犹水之就下，兽之走圹也。故为渊驱鱼者，獭也。为丛驱爵者，鹯也。为汤武驱民者，桀与纣也。"（同《离娄上》）

公都子引或人之言曰："是故文武兴则民好善，幽厉兴则民好暴。"（同《告子上》）

又孟子对梁惠王，引《诗·大雅·文王之什·灵台》篇，以证明文王之与民偕乐。又引《书·汤誓》"时日害丧，予及女偕亡"二语，以证明桀之不与民偕乐。文长，兹不具引。（同《梁惠王上》）

墨家所以非难之者，以其"富贵为暴，诟天，侮鬼，贱傲万民"也，以其"憎人贼人"也，以其"从事别，不从事兼"也，以其"执有命"也。常以之与尧舜禹汤文武对举，以形容其不善，其言曰：

> 然则富贵为贤，以得其赏者谁也？曰：若昔者三代圣王尧舜禹汤文武者是也。所以得其赏者何也？曰：其为政乎天下也，兼而爱之，从而利之。又率天下之万民，以尚尊天事鬼，爱利万民。是故天鬼赏之，立为天子，以为民父母，万民从而誉之曰圣王，至今不已。……然则富贵为暴，以得其罚者谁也？曰：若昔者三代暴王桀纣幽厉者是也。何以知其然也？曰：其为政乎天下也，兼而憎之，从而贱之。又率天下之民，以诟天侮鬼，贱傲万民。是故天鬼罚之，使身死而为刑戮，子孙离散，室家丧灭，绝无后嗣，万民从而非之曰暴王，至今不已。（《尚贤中第九》）

> 昔三代圣王禹汤文武，此顺天意而得赏者也。昔三代之暴王桀纣幽厉，此反天意而得罚者也。然则禹汤文武，其得赏何以也？……曰其事，上尊天，中事鬼神，下爱人。……故使贵为天子，富有天下，业万世子孙，传称其善，才施天下，至今称之，谓之圣王。然则桀纣幽厉，得其罚何以也？……曰其事，上诟天，中诟鬼，下贱人。……故使不得终其寿，不殁其世，至今毁之，谓之暴王。（《天志上第二十六》）

> 夫爱人利人，顺天之意，得天之赏者，谁也？曰：若

昔三代圣王尧舜禹汤文武者是也。尧舜禹汤文武焉所从事？曰：从事兼，不从事别。兼者，处大国不攻小国，处大家不乱小家，强不劫弱，众不暴寡，诈不欺愚，贵不傲贱。观其事，上利乎天，中利乎鬼，下利乎人。三利无所不利，是谓天德。聚敛天下之美名而加之焉，曰：此仁也，义也。爱人利人，顺天之意，得天之赏者也。……夫憎人贼人，反天之义，得天之罚者，谁也？曰：若昔者三代暴王桀纣幽厉者是也。桀纣幽厉焉所从事？曰：从事别，不从事兼。别者，处大国则攻小国，处大家则乱小家，强劫弱，众暴寡，诈谋愚，贵傲贱。观其事，上不利乎天，中不利乎鬼，下不利乎人。三不利无所利，是谓天贼。聚敛天下之丑名而加之焉，曰：此非仁也，非义也。憎人贼人，反天之意，得天之罚者也。（《天志中第二十七》）

昔也三代之圣王尧舜禹汤文武之兼爱天下也，从而利之，移其百姓之意焉，率以敬上帝山川鬼神。天以为从其所爱而爱之，从其所利而利之，于是加其赏焉，使之处上位，立为天子以法也，名之曰圣人，以此知其赏善之证。是故昔也三代之暴王桀纣幽厉之兼恶天下也，从而贼之，移其百姓之意焉，率以诟侮上帝山川鬼神。天以为不从其所爱而恶之，不从其所利而贼之，于以加其罚焉，使之父子离散，国家灭亡，抎（《说文》云："有所失也。"《玉篇》云："予粉切。"）失社稷，忧以及其身。是以天下之庶民属而毁之，业

万世子孙继嗣毁之，贲之不废也。名之曰失王，以此知其罚暴之证。（《天志下第二十八》）

又《法仪》篇文大致同，兹从略。

盖尝尚观于圣王之事，古者桀之所乱，汤受而治之；纣之所乱，武王受而治之。此世未易，民未渝，在于桀纣则天下乱，在于汤武则天下治，岂可谓有命哉！（《非命上第三十五》）

然则何以知命之为暴人之道？……昔上世暴王，不忍其耳目之淫，心涂（同术）之辟，不顺其亲戚，遂以亡失国家，倾覆社稷。不知曰：我罢不肖，为政不善。必曰：吾命固失之。于《仲虺之告》曰："我闻于夏，人矫天命，布命于下，帝伐之恶，龚丧厥师。"此言汤之所以非桀之执有命也。于《太誓》曰："纣夷处，不肯事上帝鬼神，祸厥先，神禔不祀，乃曰吾民有命，无廖排漏，天亦纵之，弃而弗葆。"此言武王所以非纣执有命也。（同上）

中篇、下篇，亦引桀纣之事，意与此同，兹不具引。

凡言凡动，合于三代圣王尧舜禹汤文武者为之。凡言凡动，合于三代暴王桀纣幽厉者舍之。（《贵义第四十七》）

以上列举各说中，儒家所谓"暴其民""失其民"与墨家所谓"富贵为暴，贱傲万民"，所谓"憎人贼人"者，意见大抵一致。儒家所谓"率天下以暴而民从之""幽厉兴则民好暴"，与墨家所谓"率天下之民，以……贱傲万民"，所谓"从而贱之，移其百姓之意焉"者，意见亦大体一致。不过儒家学说，不言天鬼与命，墨家则以"诟天，侮鬼，执有命"之罪加之，此二家理想歧异之处。盖儒家专注重道德方面，墨家兼着眼宗教方面也。

第四节　理想中之奸臣

儒家学说中，理想之奸臣有二种：一曰权奸，恃其暴力，以压制君主者也。

> 南宫适问于孔子曰："羿善射，奡荡舟，俱不得其死然。禹稷躬稼，而有天下。"（《论语·宪问第十四》）

一曰佞幸，恃其诈力，以愚弄君主者也。

> 孟子曰："周公相武王，诛纣伐奄，三年讨其君，驱飞廉于海隅而戮之。"（《孟子·滕文公下》）

墨子理想之奸臣，属于第二种。

> 其言曰："故昔夏王桀……有勇力之人推哆大戏主别兕

虎，指画杀人，人民之众兆亿，侯盈厥泽陵，然不能以此围鬼神之诛。此吾所谓鬼神之罚，不可为富贵众强勇力强武坚甲利兵者此也。……昔者殷王纣……有勇力之人费中恶来崇侯虎，指画杀人，人民之众兆亿，侯盈厥泽陵，然不能以此围鬼神之诛。此吾所谓鬼神之罚，不可为富贵众强勇力强武坚甲利兵者此也。"（《明鬼下第三十一》）

以上第一种奸臣，以羿、奡为代表；第二种奸臣，以推哆、大戏、费中、飞廉、恶来、崇侯虎等为代表，而皆不得令终，并且殃及君父。

　　墨子曰："夏桀染于干辛、推哆，殷纣染于崇侯、恶来，厉王染于厉公长父、荣夷终，幽王染于傅公夷、蔡公谷。此四王者所染不当，故国残身死，为天下僇。举天下不义辱人，必称四王者。"（《所染第三》）

持以与禹、稷、周公相较，其结果孰优孰劣，可一望而知。然则人亦何乐而为小人，何苦而不为君子也，此儒墨两家说法之深意也。

以上所举，为儒墨二家理想中之人物、理想中之事迹，不可固执以为实有其人、实有其事。人类非机械，故史迹从未有用"印版文字"的方式，阅时而再见者。而儒墨两家所引证之史迹，往往不然，例如尧有丹朱，舜必有商均。

孟子曰："丹朱之不肖，舜之子亦不肖。"（《孟子·万章上》）

尧北巡狩，殂于途。舜西巡狩，殂于途。禹南巡狩，殂于途。

墨子曰："昔者尧北教乎八狄，道死，葬蛩山之阴。舜西教乎七戎，道死，葬南巳之市。禹东教乎九夷，道死，葬会稽之山。"（《节葬下第二十五》）

尧薄葬，舜薄葬，禹亦薄葬。

墨子曰："尧死……衣衾三领，谷木之棺，葛以缄之。既沈而后哭，满埳无封，已葬而牛马乘之。舜死……衣衾三领，谷木之棺，葛以缄之，已葬而市人乘之。禹死……衣衾三领，桐棺三寸，葛以缄之，绞之不合，通之不埳，土地之深，下毋及泉，上毋通臭。既葬，收余壤其上，垄若参耕之亩，则止矣。"（同上）

尧之晚年，宰相摄政。舜之晚年，宰相摄政。禹之晚年，

亦宰相摄政。尧崩，舜避尧之子于南河之南。舜崩，禹避舜之
子于阳城。禹崩，益避禹之子于箕山之阴。

　　孟子曰："昔者尧荐舜于天，……舜相尧，二十有八
载。……尧崩，三年之丧毕，舜避尧之子于南河之南。……
舜荐禹于天，十有七年，舜崩，三年之丧毕，禹避舜之子于
阳城。……禹荐益于天，七年，禹崩。三年之丧毕，益避禹
之子于箕山之阴。"（《孟子·万章上》）

　　桀有勇士推哆、大戏，纣亦有勇士费中、恶来、崇侯虎。
（《墨子·明鬼下》篇，原文见本节第二段。）桀之时，"天有
诰命，日月不时，寒暑杂至，五谷焦死，鬼呼国，鹤鸣十夕
余"。纣之时，"天不序其德，祀用失时。兼夜中，十日雨土于
薄，九鼎迁止，妇妖宵出，有鬼宵吟，有女为男，天雨肉，棘
生于国道"。（原文详见《墨子·非攻下第十九》，兹不具载。）
　　此类史迹，乃如骈体文之对偶，枝枝相对，叶叶相当，
天下安有此情理。然则所谓尧舜如何如何者，毋乃仅儒墨理想
中帝王圣德之标准；所谓舜禹如何如何者，毋乃仅儒墨理想中
宰相贤良之标准；所谓桀纣如何如何者，毋乃仅儒墨理想中帝
王恶德之标准，而非其事实耶！

　　子贡曰："纣之不善，不如是之甚也。是以君子恶居下

流，天下之恶皆归焉。"（《论语·子张第十九》）

庄子曰："两喜必多溢美之言，两怒必多溢恶之言。"
（《人间世第四》引孔子语）

王充曰："俗人好奇，不奇，言不用也。故誉人不增其
美，则闻者不快其意。毁人不益其恶，则听者不惬于心。"
（《论衡·艺增》篇）

故读古人史籍，必须打几分折扣，始能得事迹之真相。
儒墨之批评古帝王宰相，亦作如是观可矣。

第五节　理想中之教主

孔子以承袭道统自任者也。

孔子曰："天生德于予，桓魋其如予何？"（《论语·述
而第七》）

其理想之教主，为尧、舜、文、武、周公。

孔子曰："甚矣吾衰也！久矣，吾不复梦见周公！"
（同上）

子畏于匡，曰："文王既没，文不在兹乎？天之将丧斯

文也,后死者不得与于斯文也。天之未丧斯文也,匡人其如予何?"(同《子罕第九》)

卫公孙朝问于子贡曰:"仲尼焉学?"子贡曰:"文武之道,未坠于地,在人。贤者识其大者,不贤者识其小者,莫不有文武之道焉。夫子焉不学?而亦何常师之有。"(同《子张第十九》)

《中庸》曰:"仲尼,祖述尧舜,宪章文武。"(第三十章)

门人知其然也,故于《论语》终篇,具载尧舜咨命之言、汤武誓师之意。与夫施诸政事者,以明圣学之所传者,一于是而已。

尧曰:"咨!尔舜!天之历数在尔躬,允执其中。四海困穷,天禄永终。"舜亦以命禹。曰:"予小子履,敢用玄牡,敢昭告于皇皇后帝。有罪不敢赦,帝臣不蔽,简在帝心。朕躬有罪,无以万方。万方有罪,罪在朕躬。"周有大赉,善人是富。虽有周亲,不如仁人。百姓有过,在予一人。谨权量,审法度,修废官,四方之政行焉。兴灭国,继绝世,举逸民,天下之民归心焉。所重,民食丧祭。宽则得众,信则民任焉,敏则有功,公则说。(《论语·尧曰第二十》)

所以著明二十篇之大旨也。

孟子亦以承袭道统自任者也。

孟子去齐。充虞路问曰："夫子若有不豫色然。前日虞闻诸夫子曰：'君子不怨天，不尤人。'"曰："彼一时，此一时也。五百年必有王者兴，其间必有名世者。由周而来，七百有余岁矣。以其数则过矣，以其时考之则可矣。夫天，未欲平治天下也，如欲平治天下，当今之世，舍我其谁也？吾何为不豫哉？"（《孟子·公孙丑下》）

其理想之教主，为尧、舜、禹、汤、文、武、周公、孔子。

孟子答景丑曰："我非尧舜之道，不敢以陈于王前。"（同上）

孟子去齐。尹士语人曰："不识王之不可以为汤武，则是不明也。"（同上）

滕文公为世子，将之楚，过宋而见孟子。孟子道性善，言必称尧舜。（同《滕文公上》）

孟子答陈相曰："陈良，楚产也。悦周公仲尼之道，北学于中国。北方之学者，未能或之先也。彼所谓豪杰之士也。"（同上）

又曰："尧舜之道，不以仁政，不能平治天下。今有仁心仁闻，而民不被其泽，不可法于后世者，不行先王之道

也。"（同《离娄上》）

又曰："圣人，人伦之至也。欲为君，尽君道。欲为臣。尽臣道。二者皆法尧舜而已矣。"（同上）

曹交问曰："人皆可以为尧舜，有诸？"孟子曰："然。……尧舜之道，孝弟而已矣。子服尧之服，诵尧之言，行尧之行，是尧而已矣。子服桀之服，诵桀之言，行桀之行，是桀而已矣。"（同《告子下》）

故其生平议论，常以禹、汤、文、武、周公并举。

孟子曰："禹恶旨酒，而好善言。汤执中，立贤无方。文王视民如伤，望道而未之见。武王不泄迩，不忘远。周公思兼三王，以施四事。其有不合者，仰而思之，夜以继日；幸而得之，坐以待旦。"（同《离娄下》）

而于终篇历叙尧、舜、汤、文、孔子相承之次。

孟子曰："由尧舜至于汤，五百有余岁，若禹、皋陶，则见而知之；若汤，则闻而知之。由汤至于文王，五百有余岁，若伊尹、莱朱，则见而知之；若文王，则闻而知之。由文王至于孔子，五百有余岁，若太公望、散宜生，则见而知之；若孔子，则闻而知之。由孔子而来至于今，百有余岁，

去圣人之世，若此其未远也；近圣人之居，若此其甚也，然
而无有乎尔，则亦无有乎尔。"（同《尽心下》）

亦所以著明七篇之大旨也。

　　韩子曰："斯道也，何道也？曰：斯吾所谓道也，非向
所谓老与佛之道也。尧以是传之舜，舜以是传之禹，禹以是
传之汤，汤以是传之文武周公，文武周公传之孔子，孔子传
之孟轲，轲死不得其传焉。"（《韩文公集·原道》篇）

　　盖儒教教祖之孔孟，承袭尧舜禹汤文武周公之道统，非
惟其本人再三声明之，其门人屡屡纪载之，即后儒亦无不深信
之也。
　　墨子亦以承袭尧舜禹汤文武之道统自任者也，故所染、尚
贤、兼爱、节葬、天志、非命、贵义诸子，皆引证尧舜禹汤文
武事迹，以为自己学说之根据，而归本于行先王之道。（原文
杂见本章第一二三四节，兹从略。）

　　韩非子曰："孔子墨子俱道尧舜，而取舍不同，皆自谓
真尧舜。尧舜不复生，将谁使定儒墨之诚乎？"（《显学第
五十》）
　　又曰："墨者之葬也，冬日冬服，夏日夏服，桐棺三寸，

服丧三月，世主以为俭而礼之。儒者破家而葬，服丧三年，大毁扶杖，世主以为孝而礼之。夫是墨子之俭，将非孔子之侈也。是孔子之孝，将非墨子之戾也。今孝戾侈俭，俱在儒墨，而上兼礼之。"（同上）

孔子、孟子、墨子之行事，截然不同，而皆道尧舜，使后人安所适从乎。平心论之，孔孟效法尧舜者也，故其生平持论，极力推崇尧舜，所谓尽君道，尽臣道，尽子道，无不以尧舜为极则，而禹汤文武周公次之。墨子生平持论，虽以尧舜禹汤文武并举，而其生平行事，实效法大禹。

庄子曰："考古之礼乐，黄帝有咸池，尧有大章，舜有大韶，禹有大夏，汤有大濩，文王有辟雍之乐，武王周公作武。古之丧礼，贵贱有仪，上下有等。天子棺椁七重，诸侯五重，大夫三重，士再重。今墨子独生不歌，死不服，桐棺三寸而无椁，以为法式。以此教人，恐不爱人。以此自行，固不爱己。……其生也勤，其死也薄，其道大觳。使人忧，使人悲，其行难为也。……反天下之心，天下不堪。墨子虽能独任，奈天下何！……墨子称道曰：昔者禹之湮洪水，决江河，而通四夷九州也。名川三百，支川三千，小者无数。禹亲自操橐耜，而九杂天下之川。腓无胈，胫无毛，沐甚风，栉疾雨，置万国。禹大圣也，而形劳天下也如此。使后世之墨者，多以裘褐为衣，以跂蹻为服，日夜不休，以自苦为极。曰：不能如此，非禹之道也，不足为墨。……墨翟禽滑厘之意则是，其行其非也。将使后世之墨者，必自苦以腓无胈胫无毛相进而已矣。……虽然，墨子真天下之好也，将求之不得也，虽枯槁不舍也，才士也夫。不累于俗，不饰于物，不苟于人，不忮于众，愿天下之安宁，以活民命，人我之养，毕足而止，以此白心。"（《天下第三十三》）

此论批评极当，墨子之性格学说行为，皆尽于是。即使墨子复生，亦必以为"他人有心，予忖度之"矣。此墨子理想中之模范教主也。

第六节　理想中之高士

儒家墨家皆以利人济世为务者也，故其理想中，颇不推重高士。然孔孟生平，皆不肯枉道求售，故有时素贫贱行乎贫贱，而守分安命焉。故其学说中，颇不以奔竞躁进为然，而有一种理想的模范人物。

孔子谓颜渊曰："用之则行，舍之则藏，惟我与尔有是夫。"（《论语·述而第七》）

又曰："隐居以求其志，行义以达其道。吾闻其语矣，

未见其人也。"（同《季氏第十六》）

此孔子理想中之抽象的高士，兼有天民、大人二资格。至对于完全退隐之逸民，则非孔子所重。

孔子曰："不降其志，不辱其身，伯夷叔齐与！"谓："柳下惠、少连，降志辱身矣。言中伦，行中虑，其斯而已矣。"谓："虞仲、夷逸，隐居放言。身中清，废中权。我则异于是，无可无不可。"（同《微子第十八》）

故篇末声明"我则异于是"，以聊致不满之意。孟子则推广孔子之意，引证历史上之事迹，用具体的形式说明之。其理想的模范人物，一曰伯夷。

孟子曰："非其君不事，非其民不使。治则进，乱则退，伯夷也。"（《孟子·公孙丑上》）

又曰："伯夷，非其君不事，非其友不友。不立于恶人之朝，不与恶人言。立于恶人之朝，与恶人言，如以朝衣朝冠，坐于涂炭。推恶恶之心，思与乡人立，其冠不正，望望然去之，若将浼焉。是故诸侯虽有善其辞命而至者，不受也。不受也者，是亦不屑就已。"（同上）

又《万章下》篇所引之事，与此文大同小异，兹不赘录。

又曰："伯夷辟纣，居北海之滨，闻文王作，兴曰：盍归乎来！吾闻西伯善养老者。"（同《离娄上》）

又《尽心上》篇文与此同，兹不赘录。

又曰："居下位，不以贤事不肖者，伯夷也。"（同《告子下》）

二曰伊尹。

孟子曰："何事非君，何使非民。治亦进，乱亦进，伊尹也。"（同《公孙丑上》）

又曰："伊尹耕于有莘之野，而乐尧舜之道焉。非其义也，非其道也，禄之以天下，弗顾也；系马千驷，弗视也。非其义也，非其道也，一介不以与人，一介不以取诸人。汤使人以币聘之，嚣嚣然曰：'我何以汤之聘币为哉？我岂若处畎亩之中，由是以乐尧舜之道哉？'汤三使往聘之，既而幡然改曰：'与我处畎亩之中，由是以乐尧舜之道，吾岂若使是君为尧舜之君哉？吾岂若使是民为尧舜之民哉？吾岂若于吾身亲见之哉？天之生此民也，使先知觉后知，使先觉觉后觉也。予天民之先觉者也，予将以斯道觉斯民也。非予觉之而谁也？'思天下之民，匹夫匹妇，有不被尧舜之泽者，若己推而内之沟中。其自任以天下之重如此，故就汤而说之，以伐夏救民。"（同《万章上》）

又《万章下》篇文与此同，兹不赘录。

又曰："五就汤五就桀者，伊尹也。"（同《告子下》）

三曰太公。

孟子曰："太公辟纣，居东海之滨，闻文王作，兴曰：盍归来乎！吾闻西伯善养老者。"（同《离娄上》）

又《尽心上》篇文与此同，兹不赘录。

四曰柳下惠。

孟子曰："柳下惠，不羞污君，不卑小官。进不隐贤，必以其道。遗佚而不怨，厄穷而不悯。故曰：尔为尔，我为我，虽袒裼裸裎于我侧，尔焉能浼我哉？故由由然与之偕而不自失焉，援而止之而止。援而止之而止者，是亦不屑去已。"（同《公孙丑上》）

又《万章下》篇文与此大同小异，兹不赘录。

又曰："不恶污君，不辞小官者，柳下惠也。"（同《告子下》）

此四大人物，伯夷为舍藏之模范；太公前半生为舍藏之模范，晚年为用行之模范；伊尹、柳下惠为用行舍藏随遇而安

之模范，孟子深尊敬之。故对于伯夷、太公，则称为天下之
大老。

　　孟子曰："二老者，天下之大老也。"（同《离娄上》）

对于伯夷、伊尹、柳下惠，则称为圣之清、圣之任、圣之和。

　　孟子曰："伯夷，圣之清者也。伊尹，圣之任者也。柳
下惠，圣之和者也。"（同《万章上》）

又称之曰仁。

　　孟子曰："三子者不同道，其趋一也。一者，何也？
曰：仁也。"（同《告子下》）

对于伯夷、柳下惠，则称为百世之师。

　　孟子曰："圣人，百世之师也，伯夷、柳下惠是也。故
闻伯夷之风者，顽夫廉，懦夫有立志。闻柳下惠之风者，薄
夫敦，鄙夫宽，奋乎百世之上，百世之下闻者莫不兴起也。
非圣人而能若是乎，而况于亲炙之者乎？"（同《尽心下》）

然伯夷、伊尹、柳下惠，各有所偏，孟子亦知其不可。

　　孟子曰："伯夷隘，柳下惠不恭。隘与不恭，君子不由也。"（同《公孙丑上》）

故常以伯夷、伊尹与孔子相较，而曰："乃所愿则学孔子。"

　　孟子曰："非其君不事，非其民不使。治则进，乱则退，伯夷也。何事非君，何使非民。治亦进，乱亦进，伊尹也。可以仕则仕，可以止则止，可以久则久，可以速则速，孔子也。皆古圣人也。吾未能有行焉，乃所愿则学孔子也。"（同《公孙丑上》）

又常以伯夷、伊尹、柳下惠与孔子相较，而称孔子为圣之时。

　　孟子曰："伯夷，圣之清者也。伊尹，圣之任者也。柳下惠，圣之和者也。孔子，圣之时者也。"（同《万章上》）

盖伯夷持极端高尚主义，近于用而不行；伊尹、柳下惠持极端牵就主义，似乎舍而不藏。各趋于极端，非中庸之道。独孔子"无可无不可",故孟子取以为人伦之模范。儒家理想中之高士,如是而已。至于避世高蹈、洁身乱伦,若楚狂接舆、长沮、桀溺、丈人之徒(其言行详见《论语·微子第十八》,兹不具录),非儒家所重也。

墨子,极端之实行家也。故其理想中,无模范之高士。然其学说中,所引古圣贤之事迹,合乎儒家用行舍藏之道者固大有人在。

> 墨子曰:"故古者尧举舜于服泽之阳,……禹举益于阴方之中,……汤举伊尹于庖厨之中,……文武举闳夭泰颠于置罔之中。"(《尚贤上第八》)
>
> 又曰:"是故昔者舜耕于历山,陶于河濒,渔于雷泽,灰于常阳,尧得之服泽之阳,立为天子,使接天下之政,而治天下之民。昔伊尹为莘氏女师仆,使为庖人,汤得而举之,立为三公,使接天下之政,治天下之民。昔者傅说居北海之洲,衣褐带索,庸筑于傅岩之城,武丁得而举之,立为三公,使之接天下之政,而治天下之民。"(《尚贤下第十》)

此墨子理想中之模范人物也。

第六章 儒墨理想中之圣经贤传

儒墨教祖皆道德家也。然细心比较，则孔孟为圣贤中之学者，墨子为圣贤中之英雄。孔孟实行上之能力，远不如墨子，而考据上之知识，似在墨子以上。孔子生平，时常以好古自勖。

孔子曰："述而不作，信而好古，窃比于我老彭。"（《论语·述而第七》）

又曰："我非生而知之者，好古敏以求之者也。"（同上）

以勤学自期。

叶公问孔子于子路，子路不对。子曰："女奚不曰：其为人也，发愤忘食，乐以忘忧，不知老之将至云尔。"

（同上）

以不学自警。

　　子曰："默而识之，学而不厌，诲人不倦，何有于我哉？"（同上）

　　又曰："德之不修，学之不讲，闻义不能徙，不善不能改，是吾忧也。"（同上）

又常以博学勉人。

　　子张学干禄。子曰："多闻阙疑，慎言其余，则寡尤。多见阙殆，慎行其余，则寡悔。言寡尤，行寡悔，禄在其中矣。"（同《为政第二》）

以好学诩人。

　　子贡问曰："孔文子，何以谓之文也？"子曰："敏而好学，不耻下问，是以谓之文也。"（同《公冶长第五》）

以不学警人。

孔子曰："生而知之者，上也。学而知之者，次也。困而学之，又其次也。困而不学，民斯为下矣。"（同《季氏第十六》）

其门弟子及其乡人，亦常以博学、多学称道孔子。

子贡曰："夫子之文章，可得而闻也。"（同《公冶长第五》）

达巷党人曰："大哉孔子！博学，而无所成名。"（同《子罕第九》）

颜渊喟然叹曰："……夫子循循然，善诱人，博我以文，约我以礼。"（同上）

子曰："赐也，女以予为多学而识之者与？"对曰："然，非与？"（同《卫灵公第十五》）

孟子提倡博学，其论调与孔子略等。

孔子曰："君子博学于文，约之以礼，亦可以弗畔矣夫。"（同《雍也第六》）

孟子曰："博学而详说之，将以反说约也。"（《孟子·离娄下》）

而墨子无闻焉。盖儒家学说多因袭，墨家学说多创造。儒家学说浅而博，墨家学说深而邃。儒家教祖之孔孟，长于经学史学，其创立学说，往往援引古人议论，以为自己学说之根据。墨家教独之墨子，长于论理学，其创立学说，虽不援引古人议论，亦能自完其说。故自考据学方面观之，似乎墨子与古人缘浅，而孔孟与古人缘深。然崇古保守之风，为先秦诸子特色。墨子亦先秦诸子之一，其思想自不能逸出此范围以外。故其学说中，援引古人言论，断章取义，牵掣古人学说以附会自己学说之处亦自不少。兹试将儒墨二家理想中之圣经贤传，胪列下方，比较研究，以供参考。

第一节　对于《诗》之见解

孔子生平最嗜好《诗》。

> 子所雅言，诗书执礼，皆雅言也。（《论语·述而第七》）

其对于《诗》之见解，谓《诗》可以感发志意，可以考见得失，可以和而不至于流，可以怨而不至于怒。凡人伦之道，《诗》无不备，其绪余又足以资多识。

> 子曰："兴于诗。"（同《泰伯第八》）

又曰："诗，可以兴，可以观，可以群，可以怨。迩之事父，远之事君，多识于鸟兽草木之名。"（同《阳货第十七》）

而归本其旨于思无邪。

子曰："诗三百，一言以蔽之，曰思无邪。"（同《为政第二》）

明于《诗》者，可以为行政官，可以为外交官。

子曰："诵诗三百，授之以政，不达。使于四方，不能专对。虽多，亦奚以为？"（同《子路第十三》）

故常以之教子。

陈亢问于伯鱼曰："子亦有异闻乎？"对曰："未也。尝独立，鲤趋而过庭。曰：'学诗乎？'对曰：'未也。''不学诗，无以言。'鲤退而学诗。"（同《季氏第十六》）

以之择婿。

　　南容三复白圭，孔子以其兄之子妻之。（同《先进第十一》）

以之鼓励门人。

　　子曰："小子！何莫学夫诗？"（同《阳货第十七》）

其于《诗》全体中，尤嗜好二南。

　　子谓伯鱼曰："女为周南召南矣乎？人而不为周南召南，其犹正墙面而立也与！"（同上）

于二南中，尤嗜好《关雎》。

　　子曰："关雎，乐而不淫，哀而不伤。"（同《八佾第三》）

是时《诗》颇残缺失次，孔子周流四方，参互考订以知其说，晚年反鲁，曾订正风、雅、颂，以授师挚。

　　子曰："吾自卫反鲁，然后乐正，雅颂各得其所。"（同《子罕第九》）

　　又曰："师挚之始，关雎之乱，洋洋乎盈耳哉！"（同

《泰伯第八》)

门弟子守其遗训，凡有所论说，颇能引《诗》为根据。计《论语》一书，其中断章取义以引诗之处，凡八见。

1.子贡曰："诗云：'如切如磋，如琢如磨。'其斯之谓与？"（《学而第一》，引《卫风·淇澳》篇）

2.三家者，以雍彻。子曰："相维辟公，天子穆穆。"奚取于三家之堂？（《八佾第三》，引《周颂·臣工之什·雍》篇）

3.子夏问曰："巧笑倩兮，美目盼兮，素以为绚兮。何谓也？"（同上，引逸诗）

4.曾子有疾，召门弟子曰："启予足，启予手。诗云：'战战兢兢，如临深渊，如履薄冰。'而今而后，吾知免夫，小子！"（《泰伯第八》，引《小雅·节南山之什·小旻》篇）

5.子曰："衣敝缊袍，与衣狐貉者立，而不耻者，其由也与？'不忮不求，何用不臧？'"（《子罕第九》，引《卫风·雄雉》篇）

6."唐棣之华，偏其反而。岂不尔思？室是远而。"子曰："未之思也，夫何远之有？"（同上，引逸诗）

7.子张问崇德辨惑。子曰："主忠信，徙义，崇德也。爱之欲其生，恶之欲其死。既欲其生，又欲其死，是惑也。

'诚不以富，亦只以异。'"（《颜渊第十二》，引《小雅·鸿雁之什·我行其野》篇）

8.子击磬于卫。有荷蒉而过孔氏之门者，曰："有心哉击磬乎！"既而曰："鄙哉！硁硁乎！莫己知也，斯己而已矣。'深则厉，浅则揭。'"（《宪问第十四》，引《卫风·匏有苦叶》篇）

《大学》一书，凡十二见。

1.《诗》曰："周虽旧邦，其命维新。"（《传二章》，引《大雅·文王之什·文王》篇）

2.《诗》云："邦畿千里，维民所止。"（同《三章》，引《商颂·玄鸟》篇）

3.《诗》云："缗蛮黄鸟，止于丘隅。"（同上，引《小雅·鱼藻之什·绵蛮》篇）

4.《诗》云："穆穆文王，于缉熙敬止。"（同上，引《文王》篇）

5.《诗》云："瞻彼淇澳，菉竹猗猗。有斐君子，如切如磋，如琢如磨。瑟兮僴兮，赫兮喧兮。有斐君子，终不可谖兮。"（同上，引《卫风·淇澳》篇）

6.《诗》云："於戏，前王不忘！"（同上，引《周颂·清庙之什·烈文》篇）

7.《诗》云:"桃之夭夭,其叶蓁蓁。之子于归,宜其家人。"(同《九章》,引《周南·桃夭》篇)

8.《诗》云:"宜兄宜弟。"(同上,引《小雅·南有嘉鱼之什·蓼萧》篇)

9.《诗》云:"其仪不忒,正是四国。"(同上,引《曹风·鸤鸠》篇)

10.《诗》云:"乐只君子,民之父母。"(同《十章》,引《小雅·南有嘉鱼之什·南山有臺》篇)

11.《诗》云:"节彼南山,维石岩岩。赫赫师尹,民具尔瞻。"(同上,引《小雅·节南山之什·节南山》篇)

12.《诗》云:"殷之未丧师,克配上帝。仪监于殷,峻命不易。"(同上,引《文王》篇)

《中庸》一书,凡十四见。

1.《诗》云:"鸢飞戾天,鱼跃于渊。"(十二章,引《大雅·文王之什·旱麓》篇)

2.《诗》云:"伐柯伐柯,其则不远。"(十三章,引《豳风·伐柯》篇)

3.《诗》曰:"妻子好合,如鼓瑟琴。兄弟既翕,和乐且耽。宜尔室家,乐尔妻孥。"(十五章,引《小雅·鹿鸣之什·棠棣》篇)

4.《诗》曰："神之格思，不可度思，矧可射思。"（十六章，引《大雅·荡之什·抑》篇）

5.《诗》曰："嘉乐君子，宪宪令德。宜民宜人，受禄于天。保佑命之，自天申之。"（十七章，引《大雅·生民之什·假乐》篇）

6.《诗》云："维天之命，于穆不已。"（二十六章，引《周颂·维天之命》篇）

7.《诗》曰："既明且哲，以保其身。"（二十七章，引《大雅·荡之什·烝民》篇）

8.《诗》曰："在彼无恶，在此无射。庶几夙夜，以永终誉。"（二十九章，引《周颂·臣工之什·振鹭》篇）

9.《诗》曰："衣锦尚绚。"（三十三章，引逸诗）　按《卫风·硕人》篇、《郑风·丰》篇，皆有与此文类似之语。曰："衣锦褧衣。"

10.《诗》云："潜虽伏矣，亦孔之昭。"（同上，引《小雅·节南山之什·正月》篇）

11.《诗》云："相在尔室，尚不愧于屋漏。"（同上，引《大雅·荡之什·抑》篇）

12.《诗》曰："奏假无言，时靡有争。"（同上，引《商颂·烈祖》篇）

13.《诗》曰："不显维德，百辟其刑之。"（同上，引《周颂·清庙之什·烈文》篇）

14.《诗》云："予怀明德，不大声以色。"（同上，引《大雅·文王之什·皇矣》篇）

《孟子》七篇中，凡三十五见。

1.《诗》云："经始灵台，经之营之。庶民攻之，不日成之。经始勿亟，庶民子来。王在灵囿，麀鹿攸伏。麀鹿濯濯，白鸟鹤鹤。王在灵沼，于牣鱼跃。"（《梁惠王上》，引《大雅·文王之什·灵台》篇）

2.王说曰："《诗》云：'他人有心，予忖度之。'夫子之谓也。"（同上，引《小雅·节南山之什·巧言》篇）

3.《诗》云："'刑于寡妻，至于兄弟，以御于家邦。'言举斯心，加诸彼而已。"（同上，引《大雅·文王之什·思齐》篇）

4.《诗》云："畏天之威，于时保之。"（《梁惠王下》，引《周颂·清庙之什·我将》篇）

5.《诗》云："'王赫斯怒，爰整其旅。以遏徂莒，以笃周祜，以对于天下。'此文王之勇也。文王一怒而安天下之民。"（同上，引《大雅·文王之什·皇矣》篇）

6.《诗》云："哿矣富人，哀此茕独。"（同上，引《小雅·节南山之什·正月》篇）

7.《诗》云："乃积乃仓。乃裹糇粮，于橐于囊。思戢

用光，弓矢斯张。干戈戚扬，爰方启行。"（同上，引《大雅·生民之什·公刘》篇）

8.《诗》云："古公亶父，来朝走马。率西水浒，至于岐下。爰及姜女，聿来胥宇。"（同上，引《大雅·文王之什·绵》篇）

9.《诗》云："自西自东，自南自北，无思不服。"此之谓也。（《公孙丑上》，引《大雅·文王之什·文王有声》篇）

10.《诗》云："迨天之未阴雨，彻彼桑土，绸缪牖户。今此下民，或敢侮予？"（同上，引《豳风·鸱鸮》篇）

11.《诗》云："永言配命，自求多福。"（同上，引《大雅·文王之什·文王》篇）

12.《诗》云："昼尔于茅，宵尔索绹。"（《滕文公上》，引《豳风·七月》篇）

13.《诗》云："雨我公田，遂及我私。"（同上，引《小雅·甫田之什·大田》篇）

14.《诗》云："周虽旧邦，其命维新。"（同上，引《大雅·文王之什·文王》篇）

15."吾闻'出于幽谷，迁于乔木'者，未闻下乔木而入于幽谷者。"（同上，引《小雅·鹿鸣之什·伐木》篇）

16.《鲁颂》曰："戎狄是膺，荆舒是惩。"（同上，引《鲁颂·闷宫》篇）

17.《诗》云："不失其驰，舍矢如破。"（《滕文公下》

引《小雅·彤弓之什·车攻》篇）

18.《诗》云："戎狄是膺，荆舒是惩，则莫我敢承。"（同上，引《鲁颂·闷宫》篇）

19.《诗》云："不愆不忘，率由旧章。"（《离娄上》，引《大雅·生民之什·假乐》篇）

20.《诗》曰："天之方蹶，无然泄泄。"（同上，引《大雅·生民之什·板》篇）

21.《诗》云："殷鉴不远，在夏后之世。"（同上，引《大雅·荡之什·荡》篇）

22.《诗》云："永言配命，自求多福。"（同上，引《大雅·文王之什·文王》篇）

23.《诗》云："商之孙子，其丽不亿。上帝既命，侯于周服。侯服于周，天命靡常。殷士肤敏，裸将于京。"（同上，引《文王》篇）

24.《诗》云："谁能执热，逝不以濯？"（同上，引《大雅·荡之什·桑柔》篇）

25.《诗》云："其何能淑，载胥及溺。"（同上，引《桑柔》篇）

26.《诗》云："娶妻如之何？必告父母。"（《万章上》，引《齐风·南山》篇）

27.《诗》云："普天之下，莫非王土。率土之滨，莫非王臣。"（同上，引《小雅·谷风之什·北山》篇）

28.《云汉》之诗曰："周余黎民，靡有孑遗。"（同上，引《大雅·荡之什·云汉》篇）

29.《诗》曰："永言孝思，孝思维则。"（同上，引《大雅·文王之什·下武》篇）

30.《诗》云："周道如底，其直如矢。君子所履，小人所视。"（《万章下》，引《小雅·谷风之什·大东》篇）

31.《诗》曰："天生烝民，有物有则。民之秉彝，好是懿德。"（《告子上》，引《大雅·荡之什·烝民》篇）

32.《诗》曰："既醉以酒，既饱以德。"（同上，引《大雅·生民之什·既醉》篇）

33.《诗》曰："不素餐兮。"（《尽心上》，引《魏风·伐檀》篇）

34.《诗》云："忧心悄悄，愠于群小。"孔子也。（《尽心下》，引《邶风·柏舟》篇）

35."肆不殄厥愠，亦不陨厥问。"文王也。（同上，引《大雅·文王之什·绵》篇）

孟子之论《诗》也，一则说诗者不以文害辞，不以辞害志。

咸丘蒙曰："舜之不臣尧，则吾既得闻命矣。《诗》云：'普之天下，莫非王土。率土之滨，莫非王臣。'而舜既为天子矣，敢问瞽瞍之非臣，如何？"曰："是诗也，非是之谓也。劳于王事，而不得养父母也。曰：此莫非王事，我独贤劳也。故说诗者，不以文害辞，不以辞害志。以意逆志，是为得之。如以辞而已矣。《云汉》之诗曰：'周余黎民，靡有孑遗。'信斯言也，是周无遗民也。"（《万章上》）

再则曰说诗者不可失之固。

公孙丑问曰："高子曰：'《小弁》，小人之诗也。'"孟子曰："何以言之？"曰："怨。"曰："固哉，高叟之为《诗》也。有人于此，越人关弓而射之，则己谈笑而道之。无他，疏之也。其兄关弓而射之，则己垂涕泣而道之。无他，戚之也。小弁之怨，亲亲也。亲亲，仁也。固矣夫，高叟之为《诗》也。"（《告子下》）

诚恐弟子学《诗》，拘泥文字，而忘《诗》之本旨也。然孟子个人说《诗》，牵掣古人言论，以附会自己学说之处，亦自不少。例如上文所举，对梁惠王之顾鸿雁、麋鹿，则引《大雅·灵台》篇，而谓文王与民同乐；对齐宣王之自谓好勇、好货、好色，则引《大雅·皇矣》篇，以证明文王之勇；引《公刘》篇，而谓公刘好货；引《绵》篇，而谓太王好色。此等断章取义牵掣附会之说，其与咸丘蒙之议论，相去几何？公都子曰："外人皆称夫子好辩。"（《滕文公下》）诚哉其好辨也！盖孟子之时，纵横家学说已流行。孟子久居齐，又与谈天雕龙炙輠之徒偕游，日久则语言辞气间，自然渐与之同化，故其立论如此。

　　　孟子又曰："王者之迹熄而诗亡。"（《离娄下》）

谓平王东迁，政教号令不及于天下。《黍离》以下降为国风，而雅颂不作。盖其意中谓《诗》可以考政治、观风化，其重视《诗》亦不亚于孔子也。

墨子对于《诗》，未尝加以批评，然其引《诗》之处，颇似孟子。《墨子》五十三篇中，断章取义以引《诗》之处，凡十一见。

　　1.《诗》曰"必择所堪，必谨所堪"者，此之谓也。（《所染第三》，引逸诗）

　　2.《诗》曰："告女忧恤，诲女予爵。孰能执热，鲜不用濯。"（《尚贤中第九》，引《大雅·荡之什·桑柔》篇）

　　3.《周颂》道之曰："圣人之德，若天之高，若地之普，其有昭于天下也。若地之固，若山之承，不圻不崩。若日之光，若月之明，与天地同常。"（同上，引逸诗）

　　4.是以先王之书《周颂》之道之曰："载来见彼王，聿求厥章。"（《尚同中第十二》，引《周颂·臣工之什·载见》篇）

5. 《诗》曰:"我马维络,六辔沃若。载驰载驱,周爱咨度。"又曰:"我马维骐,六辔若丝。载驰载驱,周爱咨谋。"(同上,引《小雅·鹿鸣之什·皇皇者华》篇)

6. 《周诗》曰:"王道荡荡,不偏不党。王道平平,不党不偏。其直若矢,其易若底。君子之所履,小人之所视。"(《兼爱下第十六》,引《书·洪范》及《小雅·谷风之什·大东》篇)

7. 《大雅》之所道曰:"无言而不雠,无德而不报。投我以桃,报之以李。"(同上,引《大雅·荡之什·抑》篇)

8. 《诗》曰:"鱼水不务,陆将何及"乎?(《非攻中第十八》,引逸诗)

9. 《皇矣》道之曰:"帝谓文王,予怀明德。不大声以色,不长夏以革。不识不知,顺帝之则。"(《天志中第二十七》,引《大雅·文王之什·皇矣》篇)

10. 非独子墨子以天之志为法也,于先王之书《大夏》之道之然:"帝谓文王,予怀明德。毋大声以色,毋长夏以革。不识不知,顺帝之则。"此诰文王之以天志为法也。(《天志下第二十八》,引《皇矣》篇)

11. 《大雅》曰:"文王在上,于昭于天。周虽旧邦,其命维新。有周不显,帝命不时。文王陟降,在帝左右。穆穆文王,令问不已。"(《明鬼下第三十一》,引《大雅·文王之什·文王》篇)

墨子所引之《诗》，与今之《诗》文，颇有歧异之处，又好引逸诗，此与儒家不同之处也。

第二节　对于《书》之见解

孔子对于《诗》《书》有同等之嗜好。

> 子所雅言，诗书执礼，皆雅言也。(《论语·述而第七》)

门人遵守师训，凡有所论说，往往引《书》为根据，计《论语》一书，引《书》之处凡七见。

1. 或谓孔子曰："子奚不为政？"子曰："《书》云孝乎，'惟孝友于兄弟，施于有政'。是亦为政，奚其为为政？"(《为政第二》，引《周书·君陈》)

2. 武王曰："予有乱臣十人。"(《泰伯第八》，引《周书·泰誓中》)

3. 子张曰："《书》云：'高宗谅阴，三年不言。'何谓也？"(《宪问第十四》，引《商书·说命上》，原文作："王宅忧，亮阴三祀。既免丧，其惟弗言。")

4. 尧曰："咨尔舜！天之历数在尔躬。允执其中，四海困穷，天禄永终。"（《尧曰第二十》，引逸书，此文散见于《伪古文尚书·虞书·大禹谟》乃舜命禹之辞，原文较此复杂，兹不具录）

5.曰："予小子履，敢用玄牡，敢昭告于皇皇后帝。有罪不敢赦。帝臣不蔽，简在帝心。朕躬有罪，无以万方。万方有罪，罪在朕躬。"（同上，引《商书·汤诰》，与《书》文大同小异，原文长，不具引）

6.虽有周亲，不如仁人。百姓有过，在予一人。（同上，引《周书·泰誓中》）

7.所重：民食丧祭。（同上，引《周书·武成》）

《大学》一书，引《书》之处凡七见。

1.《康诰》曰："克明德。"（《传首章》，引《周书·康诰》）

2.《太甲》曰："顾諟天之明命。"（同上，引《商书·太甲上》）

3.《帝典》曰："克明峻德。"（同上，引《虞书·尧典》）

4.《康诰》曰："作新民。"（《传二章》，引《周书》）

5.《康诰》曰："如保赤子。"（《传九章》，引《周书》）

6.《康诰》曰："惟命不于常。"（《传十章》，引《周书》）

7.《秦誓》曰："若有一介臣，断断兮，无他技，其心休休焉，其如有容焉。人之有技，若已有之。人之彦圣，其心好之，不啻若自其口出。实能容之，以能保我子孙黎民，尚亦有利哉。人之有技，媢疾以恶之。人之彦圣，而违之俾不达，实不能容，亦不能保我子孙黎民，亦曰殆哉。"（《传十章》，引《周书》）

《孟子》七篇，引《书》之处，凡二十三见。

1.《汤誓》曰："时日害丧？予及女偕亡。"（《梁惠王上》，引《商书》）

2.《书》曰："天降下民，作之君，作之师。惟曰其助上帝，宠之四方。有罪无罪惟我在，天下曷敢有越厥志？"（《梁惠王下》，引《周书·泰誓上》，与今《书》文小异）

3.《书》曰："汤一征，自葛始。天下信之。东面而征西夷怨，南面而征北狄怨。曰：奚为后我？"（同上，引《商书·仲虺之诰》，与今《书》文小异）

4.《书》曰："徯我后，后来其苏。"（同上）

5.《太甲》曰："天作孽，犹可违。自作孽，不可活。"（《公孙丑上》，引《商书·太甲中》）

6.《书》曰："若药不瞑眩，厥疾不瘳。"（《滕文公上》，引《商书·说命上》）

7.《书》曰："葛伯仇饷。"（《滕文公下》，引《商书·仲虺之诰》）

8. 汤始征，自葛载。十一征而无敌于天下。东面而征西夷怨，南面而征北狄怨。曰："奚为后我？"（同上）

9.《书》曰："徯我后，后来其无罚。"（同上）

10. 有攸不为臣，东征，绥厥士女，匪厥玄黄，绍我周王见休，惟臣附于大邑周。（同上，引《周书·武成》，文与今《书》文小异）

11.《太誓》曰："我武维扬，侵于之疆，则取于残，杀伐用张，于汤有光。"（同上，引《周书·泰誓中》，与今《书》文小异）

12.《书》曰："洚水警余。"（同上，引《虞书·大禹谟》）

13.《书》曰："丕显哉，文王谟！丕承哉，武王烈！佑启我后人，咸以正无缺。"（同上，引《周书·君牙》）

14.《太甲》曰："天作孽，犹可违。自作孽，不可活。"此之谓也。（《离娄上》，引《商书·太甲中》）

15. 万章问曰："舜往于田，号泣于旻天。何为其号泣也？"孟子曰："怨慕也。"（《万章上》，引《虞书·大禹谟》，与今《书》文小异）

16. 万章曰："舜流共工于幽州，放驩兜于崇山，杀三苗于三危，殛鲧于羽山，四罪而天下咸服。"（同上，引《虞书·舜典》）

17.《尧典》曰："二十有八载，放勋乃殂落。百姓如丧考妣，三年四海遏密八音。"（同上）

18.《书》曰："只载见瞽瞍，夔夔齐栗，瞽瞍亦允若。"（同上，引《虞书·大禹谟》）

19.《太誓》曰："天视自我民视，天听自我民听。"此之谓也。（同上，引《周书·泰誓中》）

20.《伊训》曰："天诛造攻自牧宫，朕载自亳。"（同上，引《商书·伊训》，与今《书》文小异）

21.《康诰》曰："杀越人于货，闵不畏死，凡民罔不譈。"（《万章下》，引《周书·康诰》）

22.《书》曰："享多仪，仪不及物曰不享，惟不役志于享。"（《告子下》，引《周书·洛诰》）

23.公孙丑曰："伊尹曰：'予不狎于不顺。'放太甲于桐，民大悦。太甲贤。又反之，民大悦。"（《尽心上》，引《商书·太甲上》）

孟子对于《书》之见解，固明言尽信《书》则不如无《书》。

> 孟子曰："尽信《书》，则不如无《书》。吾于《武成》，取二三策而已矣，仁人无敌于天下。以至仁伐至不仁，而何其血之流杵也。"（《尽心下》）

此与现在史学家学说，谓用怀疑之眼光，以鉴别史料之真伪，其理想大抵一致也。然孟子个人说《书》，援引古人言论，补助自己学说。例如上文所举，对梁惠王之顾鸿雁麋鹿，则引《汤誓》以证明桀之不能独乐；对齐宣王之自谓好勇，则引《泰誓》以证明武王之勇。此等牵强附会之说，非光明磊落之史学家所宜言。孟子说法，固犹不脱当时纵横学家习惯，初未尝与吾人谈考据也。

墨子说法，好引历史为根据者也，故其学说中，引《书》之处较多于《诗》。计《墨子》五十三篇，引《书》之处，凡二十七见。

1. 故《夏书》曰："禹七年水。"《殷书》曰："汤五年旱。"……故《周书》曰："国无三年之食者，国非其国也。家无三年之食者，子非其子也。"（《七患第五》，引逸书）

2.《汤誓》曰："聿求元圣，与之戮力同心，以治天下。"（《尚贤中第九》，引《商书·汤诰》，与今《书》文小异）

3. 先王之书，《吕刑》道之曰："皇帝清问下民，有辞于苗。"曰："辟后之肆在下，明明不常，鳏寡不盖，德威维畏，德明维明。乃名三后，恤功于民。伯夷降典，哲民维刑。禹平水土，主名山川。稷降播种，农殖嘉谷。三后成功，维假于民。"（同上，引《周书·吕刑》，与今《书》文小异）

4. 于先王之书，《吕刑》之书然，"王曰：'于来！有国有土，告女讼刑，在今而安百姓，女何择言人，何敬不刑，

何度不及。'"（《尚贤下第十》，引《周书·吕刑》，与今《书》文小异）

5. 于先王之书，《竖年》之言然，曰："晞夫圣武知人，以屏辅而身。"（同上，引逸书）

6. 是以先王之书，《吕刑》之道曰："苗民否用练，折则刑，唯作五杀之刑曰法。"（《尚同中第十二》，引《周书·吕刑》，与今《书》文小异）

7. 是以先王之书，《相年》之道曰："夫建国设都，乃作后王君公，否用泰也。轻大夫师长，否用佚也。维辩使治天均。"（同上，引逸书）

8. 于先王之书也，《大誓》之言然，曰："小人见奸巧乃闻，不言也，发罪钧。"（《尚同下第十三》，引逸书）

9. 《传》曰："泰山有道，曾孙周王有事，大事既获，仁人尚作，以祗商夏蛮夷丑貉。虽有周亲，不若仁人，万方有罪，维予一人。"（《兼爱中第十五》，前五句引《周书·武成》，后四句引《周书·泰誓》，与今《书》文皆小异）

10. 《泰誓》曰："文王若日若月，乍照光于四方，于西土。"（《兼爱下第十六》，引《周书·泰誓下》，与今《书》文小异）

11. 禹曰："济济有众，咸听朕言，非惟小子敢行称乱。蠢兹有苗，用天之罚。若予既率尔群，对诸群以征有苗。"（同上，引《虞书·大禹谟》，与今《书》文小异）

12. 汤曰："惟予小子履，敢用玄牡，告于上天后曰：'今天大旱，即当朕身履，未知得罪于上下，有善不敢蔽，有罪不敢赦，简在帝心。万方有罪，即当朕身。朕身有罪，无及万方。'"（同上，引《商书·汤诰》，与今《书》文小异）

13. 《太誓》之道之曰："纣越厥夷居，不肯事上帝，弃厥先神祇不祀。乃曰吾有命，无廖僇务天下。天亦纵弃纣而不葆。"（《天志中第二十七》，引《周书·泰誓上》，与今《书》文小异）

14. 然则姑尝上观乎《商书》，曰："呜呼！古者有夏，方未有祸之时，百兽贞虫，允及飞鸟，莫不比方。矧隹人面，胡敢异心？山川鬼神，亦莫敢不宁。若能共允，隹天下之合，下土之葆。"（《明鬼下第三十一》，引《商书·伊训》，与今《书》文小异）

15. 然则姑尝上观乎《夏书》，禹誓曰："大战于甘，王乃命左右六人，下听誓于中军。曰：有扈氏威侮五行，怠弃三正，天用剿绝其命。有曰：日中。今予与有扈氏争一日之命。且尔卿大夫庶人，予非尔田野葆士之欲也，予共行天之罚也。左不共于左，右不共于右。若不共命，御非尔马之政。若不共命，是以赏于祖而戮于社。"（同上，引《夏书·甘誓》，与今《书》文小异）

16. 先王之书，汤之官刑有之曰："其恒舞于官，是谓巫风。其刑，君子出丝二卫，小人否，似二伯黄径。乃言曰：呜呼！舞佯佯，黄言孔章，上帝弗常，九有以亡，上帝不顺，降之百㱒，其家必坏丧。"（《非乐上第三十二》，引《商书·伊训》，与今《书》文小异）

17．于《武观》曰："启乃淫溢康乐，野于饮食，将将铭苋磬以力，湛浊于酒，渝食于野，万舞翼翼，章闻于大，天用弗式。"（同上，引逸书）

18．于《仲虺之告》曰："我闻于夏，人矫天命，布命于下，帝伐之恶，龚丧厥师。"（《非命上第三十五》，引《商书·仲虺之诰》，与今《书》文小异）

19．于《太誓》曰："纣夷处，不肯事上帝鬼神，祸厥先，神禔不祀。乃曰：吾民有命，无廖排漏。天亦纵之，弃而弗葆。"（同上，引《周书·泰誓上》，与今《书》文小异）

20．于先生之书，《仲虺之告》曰："我闻有夏，人矫天命，布命于下，帝式是恶，用阙师。"（《非命中第三十六》，引用文同第十八条）

21．先王之书，《太誓》之言然，曰："纣夷之居，而不肯事上帝，弃阙其先神而不祀也。曰：我民有命，毋僇其劳。天亦不弃，纵而不葆。"（同上，引用文同第十九条）

22．有于三代不国有之曰："女毋崇天之有命也，命三不国。"（同上，引逸书）

23．于召公之执令于然，且"敬哉！无天命惟予二人，而无造言，不自降天之哉得之"。（同上，引逸书）

24.在于商夏之诗书曰:"命者暴王作之。"(同上,引逸书)

25.禹之总德有之曰:"允不著,惟天民不而葆。既防凶心,天加之咎,不慎厥德,天命焉葆?"(《非命下第三十七》,引逸书)

26.《仲虺之告》曰:"我闻有夏,人矫天命于下,帝式是增,用爽厥师。"(同上,引用文同第十八条)

27.《太誓》之言也,于去发曰:"恶乎君子!天有显德,其行甚章,为鉴不远,在彼殷王。谓人有命,谓敬不可行,谓祭无益,谓暴无伤。上帝不常,九有以亡。上帝不顺,祝降其丧。惟我有周,受之大帝。"(同上,引《周书·泰誓》中、下二篇,与今《书》文之前后次序大异)

综合以上所述,约得断定如下:

一、孔子善言《诗》,孟子好引《书》。儒家之掌故观念,后人富于前人也。

二、儒家好引正诗正书,墨家好引逸诗逸书。因正诗正书,曾经孔子手订,儒家奉为金科玉律,其思想及考据,不敢逸出此范围。墨家则并不拘拘于此,其引用文字,往往逸出此范围以外,所根据者不同故也。

三、儒家所引用之《诗》《书》文,多与今之《诗》《书》文相合。墨家所引用之正诗正书文,亦多与今之《诗》《书》

文不同。因儒家尚考据，墨家崇大义，所应用之方面不同，故儒家常注重文字，墨家则摘取大义，不问其文字之适合与否也。而儒家考据学之精，远在墨子以上，亦可推测而知之。

四、儒家所引之《君陈》《泰誓》《汤诰》《武成》《太甲》《仲虺之诰》《说命》《大禹谟》《君牙》《伊训》等篇，墨子所引之《汤诰》《泰誓》《大禹谟》《伊训》《仲虺之诰》等篇，原书已佚，现存之《书》文，乃后人所伪造。儒墨二家之引用文，当然为伪造者所利用。然则墨子所引用之《书》文，与今《书》文不同者，非墨子考据之粗疏，乃后儒伪造《书》文者，不肯全部抄袭墨子故也。

以上所举各节，为儒墨不同之点。惟利用古人言论，伸张自己学说，儒与墨差为一致耳。

第三节　对于《春秋》之见解

《春秋》为孔子所手订，因鲁史为蓝本，加入自己意见，变更其文字，以寓劝善惩恶之意。孔子卒后，儒家奉为金科玉律。在春秋战国之交，代表士林清议，以口舌笔墨之力，束缚野心家跋扈骁雄之气，占有舆论界之无上权威。孟子深崇拜之，称其为天子之事。

孟子曰："世衰道微，邪说暴行有作，臣杀其君者有之，子弑其父者有之。孔子惧。作《春秋》。《春秋》天子之事也。是故孔子曰：'知我者其惟《春秋》乎！罪我者其惟《春秋》乎！'"（《孟子·滕文公下》）

又称孔子修《春秋》之功，与禹抑洪水，周公兼夷狄、驱猛兽之功相等，而以自己距杨墨之事业拟之。

又曰："昔者禹抑洪水而天下平，周公兼夷狄、驱猛兽而百姓宁，孔子成《春秋》而乱臣贼子惧。……我亦欲正人心，息邪说，距诐行，放淫辞，以承三圣者。岂好辩哉？予不得已也。能言距杨墨者，圣人之徒也。"（同上）

当春秋战国之交，各国皆有史书，孟子固常见之。

又曰："王者之迹熄而《诗》亡，《诗》亡然后《春秋》作。晋之乘，楚之梼杌，鲁之春秋，一也。其事则齐桓晋文，其文则史。孔子曰：'其义则丘窃取之矣。'"（同《离娄下》）

《墨子》亦多见之。

《明鬼下第三十一》篇，引周宣王冤杀杜伯，杜伯之鬼复仇之事，谓"著在周之春秋"。引燕简公冤杀其臣庄子仪，子仪之鬼复仇之事，谓"著在燕之春秋"。引宋文君鲍之臣祎观辜从事于厉，以供物不丰，为神所殛之事，谓"著在宋之春秋"。引齐庄君用神道，为其臣王里国、中里徼折狱之事，谓"著在齐之春秋"。原文略见于第二章第三节，兹不具录。

墨子又曰："吾尝见百国春秋。"（《隋书·李德林传》）

其文体与内容所载之事实，大略相似，后儒独尊重鲁之《春秋》者，以其为孔子所手订故也。然孔子修《春秋》，多点窜或加减古来文字，以寓自己之微言大义，往往为目的而牺牲事实，可以为经，不可以为史。善夫今人梁启超氏之言曰：

孔子所修《春秋》，今日传世最古之史书也。宋儒谓其"寓褒贬，别善恶"，汉儒谓其"微言大义，拨乱反正"。两说孰当，且勿深论。要之，孔子作《春秋》，别有目的，而所记史事，不过借作手段，此无可疑也。坐是之故，《春秋》在他方面有何等价值，此属别问题。若作史而宗之，则乖莫甚焉。例如二百四十年之中，鲁君之见弑者四（隐公、闵公、子般、子恶），见逐者一（昭公），见成于外者一（桓公），而《春秋》不见其文。孔子之徒犹云："鲁之君臣未尝相弑。"（《礼记·明堂位》文）又如狄灭卫，此何等大事，因掩齐桓公之耻，则削而不书（看闵二年《谷梁传》"狄灭卫"条下）。晋侯传见周天子，此何等大变，因不愿暴晋文公之恶，则书而变其文（看僖二十八年"天王狩于河阳"条下，《左传》及《公羊传》）。诸如此类。徒以有"为亲贤讳"之一主观的目的，遂不惜颠倒事实以就之。又如《春秋》记杞伯姬事，前后凡十余条。以全部不满万七千字之书，安能为一妇人分去尔许篇幅，则亦曰借以奖励贞节而已。其他记载之不实不尽不均，类此者尚难悉数。故汉代今文经师，谓《春秋》乃经而非史，吾侪不得不宗信之。盖《春秋》而果为史者，则岂惟如王安石所讥断烂朝报，恐其秽乃不减魏收矣。（《中国历史研究法》第三章）

《墨子》五十三篇中，对于鲁之《春秋》，未尝特别道及，然好杂引春秋时代事实，以证明自己学说。例如：

　　齐桓染于管仲、鲍叔，晋文染于舅犯、高偃，楚庄染于孙叔、沈尹，吴阖闾染于伍员、文义，越勾践染于范蠡、大夫种。此五君所染当，故霸诸侯，功名传于后世。范吉射染于长柳朔、王胜，中行寅染于籍秦、高强，吴夫差染于王孙雒、太宰嚭，知伯摇染于智国、张武，中山尚染于魏义、偃长，宋康染于唐鞅、佃不礼。此六君者所染不当，故国家残亡，身为刑戮，宗庙破灭，绝无后类，君臣离散，民人流亡。举天下之贪暴苛扰者，必称此六君也。（《所染第三》）

　　昔者晋文公好士之恶衣，故文公之臣，皆牂羊之裘，韦以带剑，练帛之冠，入以见其君，出以践朝。……昔者楚灵王好士细要，灵王之臣，皆以一饭为节，胁息然后带，扶墙然后起。比期年，朝有黧黑之危。……昔越王勾践好士之勇，教驯其臣和合之，焚舟失火，试其士曰："越国之宝尽在此。"越王亲自鼓其士而进之。士闻鼓音，破碎乱行，蹈火而死者，左右百人有余。越王击金而退之。(《兼爱中第十五》)

　　又《兼爱下第十六》亦载此三事，与此文大同小异，兹不赘录。

　　古者吴阖闾教七年，奉甲执兵，奔三百里而舍焉，次注林，出于冥隘之径，战于柏举，中楚国而朝宋与及鲁。至夫差之身，北而攻齐，舍于汶上，战于艾陵，大败齐人，而葆之大山。东而攻越，济三江五湖，而葆之会稽。九夷之国，莫不宾服。于是退不能赏孤，施舍群萌，自恃其力，伐其功，誉其智，怠于教，遂筑姑苏之台，七年不成。及若此，则吴有离罢之心。越王勾践视吴上下不相得，收其众以复其仇，入北郭，徙大内，围皇宫，而吴国以亡。(《非攻中第十八》)

　　又《明鬼下第三十一》篇，所载郑穆公、燕简公、宋文君鲍、齐庄君事迹，已见本节上文及第二章第三节，兹不赘录。

　　昔者齐桓公高冠博带，金剑木盾，以治其国，其国治。昔者晋文公大布之衣，牂羊之裘，韦以带剑，以治其国，其国治。昔者楚庄王鲜冠组缨，缝衣博袍，以治其国，其国

治。昔者越王勾践剪发文身，以治其国，其国治。此四君
者，其服不同，其行犹一也。翟以是知行之不在服也。(《公
孟第四十八》)

据此则墨子历史观念之重，与孔孟不相上下，不过所征
引者，不限于鲁之《春秋》，较儒家范围稍为阔大耳。

第四节　对于《易》之见解

《易》为卜筮之书，与《诗》《书》《春秋》之专言历史及
国民心理者异。孔墨皆富于历史思想，故对于《诗》《书》《春
秋》有特别兴味，而对于《易》之兴味则稍减焉。孔子晚年始
好《易》。

　　子曰："加我数年，五十以学《易》，可以无大过矣。"
(《论语·述而第七》)

史称其读《易》韦编三绝，又称其序象、系、象、说卦，
文言(以上据司马迁《史记·孔子世家》)。后儒内之，遂谓孔
子赞《周易》(据朱熹《论语集注·述而第七》第一节)。然细
玩其文，如：

成性存存，道义之门。(《系辞上传》第七章)

尽蠖之屈，以求信也。龙蛇之蛰，以存身也。精义入神，以致用也。利用安身，以崇德也。过此以往，未之或知也。穷神知化，德之盛也。(《系辞下传》第五章)

类乎老学家语。

君不密则失臣，臣不密则失身，几事不密则害成。(《系辞上传》第八章)

类乎法学家语。

小人不耻不仁，不畏不义。(《系辞下传》第五章)

立人之道，曰仁与义。(《说卦传》第二章)

此等仁义并举之说，类乎《孟子》时代语。

一阴一阳之谓道，继之者善也，成之者性也。(《系辞上传》第五章)

穷理尽性以至于命。(《说卦传》第一章)

昔者圣人之作易也，将以顺性命之理。(同第二章)

此等性命并举之说，类乎《中庸》时代语。

天尊地卑，乾坤定矣。卑高以陈，贵贱位矣。动静有常，刚柔断矣。方以类聚，物以群分，吉凶生矣。在天成象，在地成形，变化见矣。是故刚柔相摩，八卦相荡，鼓之以雷霆，润之以风雨。日月运行，一寒一暑，乾道成男，坤道成女。乾知大始，坤作成物。乾以易知，坤以简能。易则易知，简则易从。易知则有亲，易从则有功。有亲则可久，有功则可大。可久则贤人之德，可大则贤人之业。易简，而天下之理得矣。天下之理得，而成位乎其中矣。（《系辞上传》第一章）

此等双行并列式文体，类乎《中庸》。

一阴一阳之谓道。……仁者见之谓之仁，知者见之谓之知。百姓日用而不知，故君子之道鲜矣。……富有之谓大业，日新之谓盛德。生生之谓易，成象之谓乾，效法之谓坤，极数知来之谓占，通变之谓事，阴阳不测之谓神。（同上第五章）

此等列举式文体，类乎《中庸》《孟子》。

有天地然后有万物，有万物然后有男女，有男女然后有夫妇，有夫妇然后有父子，有父子然后有君臣，有君臣然后有上下，有上下然后礼义有所错。(《序卦传》)

此等联珠式文体，类乎《大学》《中庸》，然则《十翼》非孔子所作也。但通其全体而观之，其中理论及文体，颇与《中庸》相近，其著作时代当距作《中庸》之时代不远，其著作者或与作《中庸》者为同一人，或承袭作《中庸》者之系统，而自创新作。总之系儒家中一有力分子，始创儒教哲学，以与他学派对抗者也。故儒家尊为六经之一，与《诗》《书》《礼》《乐》《春秋》并列。

孔子曰："入其国，其教可知也。其为人也，温柔敦厚，诗教也。疏通知远，书教也。广博易良，乐教也。洁静精微，易教也。恭俭庄敬，礼教也。属辞比事，春秋教也。"(《礼记·经解第二十六》)

庄子曰："其在于诗书礼乐者，邹鲁之士，缙绅先生多能明之。诗以道志，书以道事，礼以道行，乐以道和，易以道阴阳，春秋以道名分。"(《天下第三十三》)

《墨子》五十三篇中，未尝言及《易》，然墨子固深信鬼神及卜筮之说者也。

巫马子谓子墨子曰："鬼神孰与圣人明智？"子墨子曰："鬼神之明智于圣人，犹聪耳明目之与聋瞽也。昔者夏后开使蜚廉采金于山川，而陶铸之于昆吾，是使翁难乙卜于目若之龟。龟曰：鼎成三足而方，不炊而自烹，不举而自臧，不迁而自行，以祭于昆吾之墟，上乡！乙又言兆之由。曰：飨矣。逢逢白云，一南一北，一西一东，九鼎既成，迁于三国。夏后氏失之，殷人受之。殷人失之，周人受之。夏后殷周之相受也，数百岁矣。使圣人聚其良臣与其杰相而谏，岂能智数百岁之后哉？而鬼神智之。是故曰鬼神之明智于圣人也，犹聪耳明目之与聋瞽也。"（《耕柱第四十六》）

据此则墨子对于卜筮之观念，与儒家略同，不过未尝明言及《易》，为稍异耳。

第五节　对于《礼》之见解

现存《礼记》一经，为汉儒所纂辑，其中杂采孔子及其门弟子与先秦诸子学说。然至少当有一大部分，为三代以来之遗传物。孔子少时好《礼》，常适周，问《礼》于老子（据《史记·孔子世家》）。

生平考证古礼之说，屡见不一见。

子曰："吾说夏礼，杞不足征也。吾学殷礼，有宋存焉。吾学周礼，今用之，吾从周。"（《中庸》第十八章）

子曰："殷因于夏礼，所损益可知也。周因于殷礼，所损益可知也。其或继周者，虽百世可知也。"（《论语·为政第二》）

子曰："夏礼，吾能言之，杞不足征也。殷礼，吾能言之，宋不足征也。文献不足故也，足，则吾能征之矣。"（同《八佾第三》）

视《礼》与《诗》《书》并重。

子所雅言，诗书执礼，皆雅言也。（同《述而第七》）

子曰："兴于诗，立于礼，成于乐。"（同《泰伯第八》）

故常以之教子。

陈亢问于伯鱼曰："子亦有异闻乎？"对曰："未也。……他日又独立，鲤趋而过庭。曰：'学礼乎？'对曰：'未也。''不学礼，无以立。'鲤退而学礼。"（同《季氏第十六》）

以之训弟。

《礼记·曾子问》篇，系孔子与曾子讨论之辞。《礼运》篇，系孔子与子游讨论之辞。《杂记下》篇，系孔子与曾子、子贡、子游讨论之辞。《仲尼燕居》篇，系孔子与子张、子贡、子游讨论之辞。《孔子闲居》篇，系孔子与子夏讨论之辞。《檀弓》《礼器》《乐记》《祭义》等篇，亦杂载孔子与门人问答之辞。文繁兹不具引。

以之忠告君主。

《礼记·哀公问》《儒行》二篇，系孔子对哀公问答之辞。文繁兹不具引。

门人受其遗训，凡有所论述，颇能引《礼》为根据。

《中庸》曰："礼仪三百，威仪三千。"（第二十七章）

景子曰："……《礼》曰：父召，无诺。君命召，不俟驾。"（《孟子·公孙丑下》）

孟子曰："士之失位也，犹诸侯之失国家也。《礼》曰：诸侯耕助，以供粢盛。夫人蚕缫，以为衣服。牺牲不成，粢盛不洁，衣服不备，不敢以祭。惟士无田，则亦不祭。牲杀器皿衣服不备，不敢以祭，则不敢以宴，亦不足吊乎？"
（同《滕文公下》）

齐宣王曰："礼，为旧君有服，何如，斯可为服矣？"
（同《离娄下》）

北宫锜问曰："周室班爵禄也如之何？"孟子曰："其详不可得闻也。诸侯恶其害己也，而皆去其籍。然而轲也尝闻其略也。天子一位，公一位，侯一位，伯一位，子男同一位，凡五等也。君一位，卿一位，大夫一位，上士一位，中士一位，下士一位，凡六等。天子之制，地方千里，公侯皆方百里，伯七十里，子男五十里，凡四等。不能五十里，不达于天子，附于诸侯，曰：附庸。天子之卿，受地视侯。大夫，受地视伯。元士，受地视子男。大国地方百里，君十卿禄，卿禄四大夫，大夫倍上士，上士倍中士，中士倍下士，下士与庶人在官者同禄，禄足以代其耕也。次国地方七十里，君十卿禄，卿禄三大夫。（中略文同前）小国地方五十里，君十卿禄，卿禄二大夫。（中略文同前）耕者之所获，一夫百亩。百亩之粪，上农夫，食九人。上次，食八人。中，食七人。中次，食六人。下，食五人。庶人在官者，其禄以是为差。"（同《万章下》）

（此文与《礼记·王制》之文互有出入，当系古礼一部分也。）

墨子极端反对《礼》，其学说中，若《节用》《节葬》《非乐》《非儒》《公孟》等篇，皆极力排斥之。详见本编第三章第三节及第四章第三节，兹不复述。

概而言之，儒家理想中之圣经贤传为六经，墨子对于《诗》《书》，与儒家有同等嗜好，对于《春秋》《易》，亦有同样观念，独对于《礼》《乐》，极端排斥。吾推其原因，厥有二端。

一、时代之影响。孔子为春秋时代人物，墨子为战国时代人物。春秋时犹尊礼重信，战国时则绝不言礼与信矣。春秋时犹宗周王，战国时则绝不言王矣。春秋时犹严祭祀、重聘享，战国时则无其事矣。春秋时犹论宗姓氏族，战国时则无一言及之矣。春秋时犹宴会赋诗，战国时则不闻矣。春秋时犹有赴告策书，战国时则无有矣。（以上据顾炎武《日知录》卷十三"周末风俗"条）邦无定交，士无定主，道德堕落已极。争地以战，杀人盈野；争城以战，杀人盈城，民生憔悴已极。故孔子犹有研究礼乐及提倡礼乐之余裕，墨子则以救民于水火为急，无暇谈及礼乐。孔子时提倡礼乐，犹可以维持国家及社会一部分秩序，墨子时虽提倡礼乐，亦无补于社会也。

二、性格之关系。孔子，圣之时者也，其性格近于中庸，其立身行事，无可无不可，富于调和性与节制力，天然与礼乐相近，故欲以己所好者化人。墨子，圣之任者也，其性格趋于极端，重实际，轻形式，其实行力之强，及其刻苦自励之精神，远在孔子以上，而缺乏调和性，天然与礼乐相远，故不欲以己所不欲者误人。

　　坐是之故，墨子理想中之圣经贤传，乃缺乏《礼》《乐》二经矣。

第七章 儒墨教义之实行

第一节　儒墨教祖之事功

儒墨教祖，皆实行家也，生平以用世为目的。孔子生于鲁，事定公为中都宰，进司空，又为大司寇，摄行相事；历游齐、卫、宋、陈、蔡、楚等国，遍谒各国君相，说以尧舜之道；老而不遇，归隐洙泗，以教授终。（据《史记·孔子世家》）孟子生于邹，历游齐、梁、宋、薛、滕等国，事齐宣王、梁惠王为客卿，所如多不合，退隐邹峄，以教授终。（据《孟子·梁惠王》《公孙丑》《滕文公》等篇及《史记·孟子荀卿列传》）墨子居于鲁，历游齐、卫、宋、魏、越、楚等国（据《墨子·耕柱》《贵义》《鲁问》《公输》等篇及《吕氏春秋·当染》《慎大》等篇），尝仕宋为大夫（据《史记·孟子荀卿列传》《汉书·艺文志》）。盖其出处之际略相似焉，然其宗旨各异。孔子以尊周室、攘夷狄，强公室、弱私门为宗旨，故其生平持论，推崇齐桓公与管仲。

孔子曰："晋文公谲而不正，齐桓公正而不谲。"（《论语·宪问第十四》）

又曰："桓公九合诸侯，不以兵车，管仲之力也。如其仁！如其仁！"（同上）

又曰："管仲相桓公，霸诸侯，一匡天下，民到于今受其赐。微管仲，吾其被发左衽矣。"（同上）

其相鲁也，使仲由为季氏宰，堕三都，收其甲兵，以削三家之势。（据《左传》及《史记·孔子世家》）季氏将伐颛臾，则责冉求使阻之。

季氏将伐颛臾。冉有、季路见于孔子曰："季氏将有事于颛臾。"孔子曰："求，无乃尔是过与？夫颛臾，昔者先王以为东蒙主，且在邦域之中矣，是社稷之臣也！何以伐为？……今由与求也，相夫子，远人不服而不能来也；邦分崩离析而不能守也。而谋动干戈于邦内，吾恐季孙之忧，不在颛臾，而在萧墙之内也。"（《论语·季氏第十六》）

冉求为季氏聚敛，则命弟子声其罪以责之。

季氏富于周公，而求也为之聚敛而附益之。子曰："非吾徒也！小子，鸣鼓而攻之可也！"（同《先进第十一》）

其中心以立宪君主国之大宰相自命，固无时不思中兴周室也。

公山弗扰以费畔，召，子欲往。子路不说。……子曰："夫召我者，而岂徒哉？如有用我者，吾其为东周乎？"（同《阳货第十七》）

孟子之时，东周孱弱已极，不能复兴。故孟子抛却东周，以劝时君行仁政为宗旨。见齐宣王则告以王道（据《孟子·梁惠王上》）；见梁惠王则告以仁义（同上）；对滕文公则劝以行井田之法（据《孟子·滕文公上》），亦实行其宗旨也。墨子之时，诸侯乱暴已极，争城争地，战祸相寻，小民疲于兵革。故墨子以抑强扶弱非攻寝兵为宗旨，公输盘欲为楚攻宋，墨子见楚王以阻之。

公输盘为楚造云梯之械成，将以攻宋。墨子闻之，自鲁往（据《吕氏春秋·慎大》篇改正之），裂裳裹足（据《文选》注引），百舍重茧（据《尸子·止楚师》篇及《战国策·宋

策》），行十日十夜，至于郢。见公输盘，且因以见楚王。历
陈非攻之义，王及公输不能难，而攻宋之念不衰。墨子乃与
公输角攻守之技，公输九设攻城之机变，墨子九距之；公输
之攻械尽，墨子之守围有余。公输盘诎而曰："吾知所以距
子矣，吾不言。"墨子亦曰："吾知子之所以距我，吾不言。"
楚王问其故。墨子曰："公输子之意，不过欲杀臣，杀臣宋
莫能守，可攻也。然臣之弟子禽滑厘等三百人，已持臣守围
之器，在宋城上待楚寇矣。虽杀臣，不能绝也。"楚王曰：
"善哉！吾请无攻宋矣。"（节录《墨子·公输第五十》）

　　齐欲伐鲁，墨子见项子牛及齐王，说而罢之。（据《墨
子·鲁问第四十九》）鲁欲攻郑，墨子见阳文君，说而罢之。
（同上）盖当时攻战之祸为墨子所禁绝者盖屡见焉，亦实行其
宗旨也。

　　惟是儒家以用世为目的，以得君为手段，故孔孟及身周
游列国，高足弟子友交诸侯，儒家对于帝王，固有薜荔缘壁茑
萝附松之势，相攀结相依附而不可离者也。试以代数演之，得
下列之方程式：

　　　　儒家—帝王—〇

　　孔子，圣之时者也，其生平行事，颇有欲达目的不择手

段之嫌。尝适齐，为高昭子家臣，以通乎景公。（据《史记·孔子世家》）适卫，见卫灵公之夫人南子。南子有淫行，子路不说。

夫子矢之曰："予所否者，天厌之！天厌之！"（《论语·雍也第六》）

鲁大夫季氏之家臣公山弗扰以费畔，召，子欲往。

子路不说曰："末之也已！何必公山氏之之也？"子曰："夫召我者，而岂徒哉？如有用我者，吾其为东周乎？"（同《阳货第十七》）

晋大夫赵氏之家臣佛肸以中牟畔，召，子欲往。

子路曰："昔者由也闻诸夫子曰：'亲于其身为不善者，君子不入也。'佛肸以中牟畔，子之往也，如之何？"子曰："然，有是言也！不曰坚乎？磨而不磷。不曰白乎？涅而不缁。吾岂匏瓜也哉？焉能系而不食。"（同上）

子路为孔门中最年长之弟子，少孔子无几，其人心直口快，仿佛小说《三国演义》中之张桓侯，《水浒传》中之李二哥，不知矫饰，不避嫌怨，故用"以子之矛攻子之盾"之法进行质问。而孔子之答覆亦几不能自完其说矣。推孔子所说，则饥不择食，寒不择衣，欲情重不择匹偶；利禄心重，不择出身之途；功名心重，不择托身之主；渴饮盗泉水，热息恶木阴，乡党自好者不为，而谓圣人为之乎？推孔子所说，则伊尹之耕莘，傅说之筑岩，太公之钓渭，诸葛忠武侯之躬耕南阳，谢太傅之高卧东山，似乎故作偃蹇。严子陵为后汉光武帝之故人，光武即位，累征乃至，拜谏议大夫，不受，去耕钓于富春山中者，未免不近人情。王衰之父安东司马仪，为司马昭所杀，及晋武帝篡位，衰隐居教授，三征七辟皆不就者，尤为不识抬举矣。而卫鞅之因嬖人景监以求进，吕不韦之结交公子异人，以为"奇货可居"者，反为识时务之俊杰也。孔子之论偏颇至此，无惑乎后世相传，以为孔子于卫主痈疽，于齐主侍人瘠环。而孟子之高弟万章，且举以质问孟子也。（据《孟子·万章上》）孟子曰："孔子三月无君，则皇皇如也，出疆必载质。"（《孟子·滕文公下》）呜呼！何其热中若是，则以儒家所提倡之王道仁政，皆依傍君主以行；无君主则儒家无所依附，不能独立以行道也。

墨家之行为则大异是。墨子为圣贤中之英雄，以用世为目的，以锄强扶弱为手段；势力愈盛者，其仇之也愈至。前所举为宋拒楚之事，其一端也。墨子之学说，轻死生，忍苦痛，不为势回，不为利诱，其出处大节有过人者。尝谢绝楚惠王之封。

楚惠王五十年，墨子至郢，献书惠王。王受而读之，曰："良书也！寡人虽不得天下，而乐养贤人。"墨子辞曰："翟闻贤人进道不行，不受其赏；义不听，不处其朝；今书未用，请遂行矣。"将辞王而归，王使穆贺以老辞。（据《渚宫旧事》二）穆贺见墨子，墨子说穆贺，穆贺大悦。（据《墨子·贵义第四十七》）……鲁阳文君言于王曰："墨子北方贤圣人，君王不见，又不为礼，毋乃失士。"乃使文君追墨子，以书社五里封之（疑当作五百里），不受而去。（据《渚宫旧事》二，以上节录孙诒让《墨子后语》）

又辞越王之聘。

子墨子游公尚过于越。公尚过说越王，越王大悦，……曰："先生苟能使子墨子于越而教寡人，请裂故吴之地方五百里以封子墨子。"公尚过许诺。遂为公尚过束车五十乘，以迎子墨子于鲁。……子墨子谓公尚过曰："子观越王之志何若？意越王将听吾言，用我道，则翟将往，量腹而食，度身而衣，自比于群臣，奚能以封为哉？抑越不听吾言，不用吾道，而我往焉，则是我以义粜也。钧之粜亦于中国耳，何必于越哉？"（《墨子·鲁问第四十九》）

其不肯枉道以徇人也如此。

孟子曰："墨子兼爱，摩顶，放踵，利天下为之。"（《孟子·尽心上》）

庄子曰："墨子真天下之好也，将求之不得也，虽枯槁不舍也，才士也夫！"（《庄子·天下第三十三》）

敌党之称赞之者犹如此，则与党可知。

《吕氏春秋》曰："孔席不暇暖，墨突不得黔。"

《淮南子》曰："孔丘、墨翟，无地而为君，无官而为长，天下丈夫女子，莫不延颈举踵，而愿安利之者。"（《道应训》引惠孟语）

又曰："孔子无黔突，墨子无暖席。"（《修务训》）

后世之称赞之者犹如此，则当时可知矣。呜呼！天下之大实行家孰有如墨子者耶？两者相较，儒家有愧色矣。

第二节　儒墨教祖之著述

儒家善因，墨家善创。孔子长于经学、史学、礼学、乐学、诗学，晚年叙《书》《传》《礼记》，删《诗》，正《乐》，

序《易·彖》《系》《象》《说卦》《文言》，修《春秋》（以上据
《史记·孔子世家》）。盖皆传先王之旧，而未尝有所作也。其
自言曰：

> 述而不作，信而好古，窃比于我老彭。（《论语·述而
> 第七》）
> 又曰："我非生而知之者，好古敏以求之者也。"（同上）
> 《中庸》曰："仲尼，祖述尧舜，宪章文武。"（第三十章）

皆实录也。孔子卒后，门人述其生平之嘉言懿行，作《鲁
论》《齐论》。其中所载，多庸言庸行，人人可企及者，非特立
独行者也。孟子卒后，其徒万章、公孙丑等，述孟子之意，作
《孟子》七篇（据《史记·孟子荀卿列传》），亦皆因而非创也。
墨子长于史学、论理学、物理学、军事学。墨子卒后，门人纂
辑其学说，为书十五卷，七十一篇。今阙佚者十八篇，存者
五十三篇。各篇之议论，多引证历史以为根据。而《经上》《经
下》《经说上》《经说下》《大取》《小取》等篇，则多引证物理
以为根据。此六篇皆论理学也，而含有物理学思想。此二种科
学皆墨子所创，而中国前此之所无也，惜乎后人不能发挥光大
之，遂使其学说中绝。然二千余年前而能发明及此，不可谓
非独具只眼也。墨子又长于军事学，其《公输》《备城门》《备
高临》《备梯》《备水》《备突》《备穴》《备蛾傅》《迎敌》《旗

帜》《号令》《杂守》等篇，记载攻守之法，研究攻守之具，颇详明确切，可以见诸实行。盖其学说多由实地经验得来，非纸上谈兵者可比。此亦墨学特色，儒家所远不及也。

第三节　儒墨教祖之逸事

孔子，圣之时者也，而又好礼。故其生平之言论态度，因人因地因时而异。

　　子之燕居，申申如也，夭夭如也。（《论语·述而第七》）

　　孔子于乡党，恂恂如也，似不能言者。其在宗庙朝廷，便便言，唯谨尔。　朝，与下大夫言，侃侃如也。与上大夫言，訚訚如也。君在，踧踖如也，与与如也。　君召使摈，色勃如也，足躩如也。揖所与立，左右手。衣前后，襜如也。趋进，翼如也。宾退，必复命曰："宾不顾矣。"　入公门，鞠躬如也，如不容。立不中门，行不履阈。过位，色勃如也，足躩如也，其言似不足者。摄齐升堂，鞠躬如也，屏气似不息者。出降一等，逞颜色，怡怡如也。没阶趋，翼如也。复其位，踧踖如也。　执圭，鞠躬如也，如不胜。上如揖，下如授。勃如战色，足蹜蹜，如有循。享礼，有容色。私觌，愉愉如也。（同《乡党第十》）

　　寝不尸，居不容。见齐衰者，虽狎必变。见冕者与瞽

者，虽亵必以貌。凶服者式之。式负版者。有盛馔，必变色
而作。迅雷风烈，必变。　升车，必正立执绥。车中，不内
顾，不疾言，不亲指。（同上）

其家旧为宋之公族，其父叔梁纥尝为鲁大夫，孔子亦屡
为鲁之大臣，故颇有贵族习气，对于饮食衣服，无一不讲究。

　君子不以绀緅饰。红紫不以为亵服。当暑，袗絺绤，必
表而出之。缁衣羔裘，素衣麑裘，黄衣狐裘。亵裘长。短右
袂。必有寝衣，长一身有半。狐貉之厚以居。去丧，无所
不佩。非帷裳，必杀之。羔裘玄冠不以吊。吉月，必朝服而
朝。（同上）
　齐必有明衣，布。齐必变食，居必迁坐。（同上）
　食不厌精，脍不厌细。食饐而餲，鱼馁而肉败，不食。
色恶不食。臭恶不食。失饪不食。不时不食。割不正不食。
不得其酱不食。肉虽多，不使胜食气。惟酒无量，不及乱。
沽酒市脯不食。不撤姜食。不多食。祭于公，不宿肉。祭肉
不出三日。出三日，不食之矣。食不语，寝不言。虽蔬食菜
羹，瓜祭，必齐如也。（同上）

其一切交际，亦细微曲折，动必中礼。

　　席不正不坐。　乡人饮酒，杖者出，斯出矣。乡人傩，朝服而立于阼阶。　问人于他邦，再拜而送之。康子馈药，拜而受之。曰："丘未达，不敢尝。"　厩焚。子退朝，曰："伤人乎？"不问马。　朋友死，无所归。曰："于我殡。"朋友之馈，虽车马，非祭肉，不拜。（同上）

对于君主，尤处处表示敬意。

　　君赐食，必正席先尝之。君赐腥，必熟而荐之。君赐生，必畜之。侍食于君，君祭，先饭。疾，君视之，东首，加朝服，拖绅。君命召，不俟驾行矣。　入太庙，每事问。（同上）

以上所举各节，诚为委曲周到，然未免矫揉造作，非尽人所能行，且有时亦可以不必行。无惑乎及门诸子，对于孔子所主张，时常持怀疑态度（参观第三章第三节）。而坦白直率之子路，且有时与孔子起争论也。

　　子路曰："卫君待子而为政，子将奚先？"子曰："必也正名乎！"子路曰："有是哉，子之迂也！奚其正？"子曰："野哉由也！君子于其所不知，盖阙如也。"（同《子路第十三》）

墨子之言论态度，书传缺于记载。然其持平民态度，持一切众生平等主义，固可以推测而知之。

> 庄子曰："墨子……不累于俗，不饰于物，不苟于人，不忮于众。愿天下之安宁，以活民命，人我之养，毕足而止。"（《天下第三十三》）

恶礼乐之烦琐，不得不非儒。

> 又曰："古之道术有在于是者，墨翟、禽滑厘闻其风而说之。……作为非乐，命之曰节用。生不歌，死无服。"（同上）

《淮南子》曰："墨子学儒者之业，受孔子之术，以为其礼烦扰而不说，厚葬靡财而贫民，服伤生而害事，故背周道而用夏政。"（《要略训》）

又墨子《节葬》《非乐》《非儒》等篇学说，略记于第三章第三节，兹不复述。

衣食取裁足而已，远不如孔子之讲求。

> 庄子曰："使后世之墨者，多以裘褐为衣，以跂蹻为服，日夜不休，以自苦为极。"（《天下第三十三》）

又曰："宋钘、尹文闻其风而悦之。作为华山之冠以自表，……曰：请欲固置五升之饭足矣。先生恐不得饱，弟子虽饥，不忘天下，日夜不休。"（同上）

此外若孔子不语怪力乱神（《论语·述而第七》），墨子好言神怪（《非攻下》《明鬼下》《耕柱》《公孟》等篇）；孔子罕言利（《论语·子罕第九》），墨子专言利（《法仪》《尚同》《兼爱》《耕柱》等篇）；孔子所雅言者，为诗书执礼（《论语·述而第七》），墨子非难礼（《节用》《节葬》《非乐》《非儒》等篇），此又前数章所屡屡道及（已见第二章第三节，第三章第二节、第三节，第六章第五节），无俟复述者也。

第四节　儒墨教徒之性格

孔门弟子多学者，墨门弟子多英雄；孔门弟子多循规蹈矩之士，墨门弟子多卓荦不羁之才。《论语》二十篇中，批评或记载诸弟子之性格者，前后凡三见。

1.德行：颜渊，闵子骞，冉伯牛，仲弓。言语：宰我，子贡。政事：冉有，季路。文学：子游，子夏。（《先进第十一》）

2.闵子侍侧，訚訚如也。子路，行行如也。冉有、子贡，

侃侃如也。（同上）

3. 柴也愚，参也鲁，师也辟，由也喭。（同上）

孔子自己批评诸弟子之性格者，凡二十三见。

1. 子曰："吾与回言终日，不违，如愚。退而省其私，亦足以发，回也不愚。"（《为政第二》）

2. 子谓子贱："君子哉若人！鲁无君子者，斯焉取斯？"（《公冶长第五》）

3. 子贡问曰："赐也何如？"子曰："女，器也。"曰："何器也？"曰："瑚琏也。"（同上）

4. 子曰："由也好勇过我，无所取材。"（同上）

5. 哀公问："弟子孰为好学？"孔子对曰："有颜回者好学，不迁怒，不贰过。不幸短命死矣！今也则亡，未闻好学者也。"（《雍也第六》）

6. 《先进第十一》答季康子语意略同前，兹不复录。

7. 子曰："回也，其心三月不违仁，其余则日月至焉而已矣。"（《雍也第六》）

8. 季康问："仲由，可使从政也与？"子曰："由也果，于从政乎何有？"曰："赐也，可使从政也与？"曰："赐也达，于从政乎何有？"曰："求也，可使从政也与？"曰："求也艺，于从政乎何有？"（同上）

9. 子曰："贤哉回也！一箪食，一瓢饮，在陋巷，人不堪其忧，回也不改其乐。贤哉回也！"（同上）

10. 子曰："语之而不惰者，其回也与！"（《子罕第九》）

11. 子谓颜渊曰："惜乎！吾见其进也，未见其止也。"（同上）

12. 子曰："衣敝缊袍，与衣狐貉者立，而不耻者，其由也与！"（同上）

13. 子曰："回也，非助我者也，于吾言无所不说。"（《先进第十一》）

14. 子曰："孝哉闵子骞！人不间于其父母昆弟之言。"（同上）

15. 若由也，不得其死然。（同上）

16. 子贡问："师与商也孰贤？"子曰："师也过，商也不及。"（同上）

17. 子曰："回也，其庶乎，屡空。赐不受命，而货殖焉，亿则屡中。"（同上）

18. 子曰："求也退，故进之。由也兼人，故退之。"（同上）

19. 子曰："片言可以折狱者，其由也与！"（《颜渊第十二》）

20. 子曰："野哉由也！君子于其所不知，盖阙如也。"

（子路第十三）

21. 子曰：“小人哉，樊须也！”（同上）

22. 南宫适出。子曰：“君子哉若人！尚德哉若人！”
（《宪问第十四》）

23. 子贡方人。子曰：“赐也贤乎哉？夫我则不暇。”
（同上）

门人之中，互相批评其性格者，凡二见。

1. 子游曰：“吾友张也，为难能也，然而未仁。”
（《子张第十九》）

2. 曾子曰：“堂堂乎张也，难与并为仁矣。”（同上）

以上所举诸批评中，对于颜渊之批评凡十见，闵子骞三
见，冉伯牛、仲弓、子贱、南宫适各一见，皆有褒无贬。子路
九见，子贡六见，冉有、子张各四见，子夏二见，皆褒贬互
见。平心论之，诸弟子皆学者也，而其性格各异。颜渊、闵子
骞、冉伯牛、仲弓、子贱、南宫适为学者中之道德家，子贡为
学者中之经济家，冉有为学者中之政治家，子路为学者中之英
雄派，子夏为学者中之学究派。

子夏之门人，问交于子张。子张曰：“子夏云何？”对

曰："子夏曰：'可者与之，其不可者拒之。'"子张曰：
"异乎无所闻：君子尊贤而容众，嘉善而矜不能。我之大贤
与，于人何所不容？我之不贤与，人将拒我，如之何其拒人
也？"（《论语·子张第十九》）

　　子游曰："子夏之门人小子，当洒扫应对进退则可矣。
抑末也，本之则无。如之何？"（同上）

子游为学者中之书生而名士派。

　　子之武城，闻弦歌之声。夫子莞尔而笑曰："割鸡焉用
牛刀？"子游对曰："昔者偃也闻诸夫子曰：'君子学道则
爱人，小人学道则易使也。'"子曰："二三子，偃之言是也。
前言戏之耳。"（同《阳货第十七》）

子张为学者中之官僚而名士派。

　　子张学干禄。（同《为政第二》）
　　子张问："士何如，斯可谓之达矣？"子曰："何哉，尔
所谓达者？"子张对曰："在邦必闻，在家必闻。"子曰："是
闻也，非达也。"（同《颜渊第十二》）

诸弟子之性格，略具于是矣。其中孔子最心服者为颜渊，

默认其有治国安邦之大略。

　　　子谓颜渊曰："用之则行，舍之则藏，惟我与尔有是
　　夫！"（同《述而第七》）
　　　颜渊问为邦。子曰："行夏之时，乘殷之辂，服周之冕，
　　乐则韶舞。放郑声，远佞人。郑声淫，佞人殆。"（同《卫灵
　　公第十五》）

颜渊早死，于事功无所表见。然以今人之眼光观之，微
嫌其头巾气重。持以与二十四岁拜大司徒，佐光武帝中兴之郑
禹，二十八岁出隆中，佐昭烈帝成偏安之业之诸葛亮相较，觉
后人未必不胜似前人也。子路性情，光明磊落，敢作敢为，不
辞劳苦，不避嫌怨，其性格与墨教徒最相近，然已屡受孔子非
难矣。

　　　子曰："由！诲女知之乎？知之为知之，不知为不知，
　　是知也。"（同《为政第三》）
　　　子路曰："子行三军，则谁与？"子曰："暴虎、冯河，
　　死而无悔者，吾不与也。必也临事而惧，好谋而成者也。"
　　（同《述而第七》）
　　　子路、曾皙、冉有、公西华侍坐。子曰："以吾一日长
　　乎尔，毋吾以也。居则曰：'不吾知也！'如或知尔，则何

以哉？"子路率尔而对曰："千乘之国，摄乎大国之间，加之以师旅，因之以饥馑；由也为之，比及三年，可使有勇，且知方也。"夫子哂之。……三子者出，曾晳后。曾晳曰："夫三子者之言何如？"子曰："亦各言其志也已矣！"曰："夫子何哂由也？"曰："为国以礼，其言不让，是故哂之。"（同《先进第十一》）

平心论之，子路所言，皆坦白直率之辞，非夸诞也。孔子所以哂之者，曰："为国以礼，其言不让。"似乎吹求太过。后世学者，尊孔子学说，重礼崇让太过，遂开无数作伪法门。此弊自前汉末年已发见，而现在则方兴未艾者也。

墨子弟子之性格，不见经传，《墨子》本书及先秦诸子之书，略纪其姓名事迹。清儒孙诒让著《墨子间诂》，尝搜集之，凡得墨子弟子十五人，附存三人（是否弟子未确知者），再传弟子三人，三传弟子一人，治墨术而不详其传授系次者十三人，杂家四人，作墨学传授考。近来日本学者高濑武次郎著《杨墨哲学》，载墨子直传弟子十八人，非直传之弟子（再传、三传或私淑者）二十二人。兹据其所载事迹，略推定其性格如下：

　　禽滑厘问于子墨子曰："由圣人之言，凤鸟之不出，甲兵方起于天下，大攻小，强执弱。吾欲守小国，为之奈何？"子墨子曰："何攻之守？"禽滑厘对曰："今之世常所以攻者，临、钩、冲、梯、堙、水、穴、突、空洞、蚁附、轒辒、轩车。敢问守此十二者奈何？"（同《备城门第五十二》）

禽子再拜再拜曰："敢问适人积土为高，以临吾城。薪土俱上，以为羊黔，蒙橹俱前，遂属之城，兵弩俱上，为之奈何？"（同《备高临第五十三》）

禽滑厘子事子墨子三年，手足胼胝，面目黧黑，役身给使，不敢问欲。子墨子甚哀之，管酒块脯，寄于大山，昧荽坐之，以樵禽子。禽子再拜而叹。子墨子曰："亦何欲乎？"禽子再拜再拜曰："敢问守道？"……禽子再拜顿首，愿遂问守道，曰："敢问客众而勇，烟资吾池，军卒并进，云梯既施，攻备已具，武士又多，争上吾城，为之奈何？"（《墨子·备梯第五十六》）

禽子再拜再拜曰："敢问古人有善攻者，穴土而入，缚柱施火，以坏吾城。城坏或中人，为之奈何？"（同《备穴第六十二》）

禽子再拜再拜曰："敢问适人强弱，遂以傅城，后上先断，以为法程，斩城为基，掘下为室。前上不止，后射既疾，为之奈何？"（同《备蛾傅第六十三》）

禽子问曰："客众而勇，轻易见威，以骇主人。薪土俱上，以为羊坽，积土为高以临民。蒙橹俱前，遂属之城，兵

弩俱上，为之奈何？"（同《杂守第七十二》）

公输盘为楚造云梯之械成，将以攻宋。子墨子闻之，自鲁往（据《吕氏春秋》改正），行十日十夜而至于郢。见公输盘，……楚王问其故。子墨子曰："公输子之意，不过欲杀臣。杀臣，宋莫能守，可攻也。然臣之弟子禽滑厘等三百人，已持臣守圉之器，在宋城上而待楚寇矣。虽杀臣，不能绝也。"楚王曰："善哉！吾请无攻宋矣。"（同《公输第五十》）

子墨子使管黔激游高石子于卫，卫君致禄甚厚，设之于卿。高石子三朝，必尽言而言，无行者，去而之齐。见子墨子曰："君以夫子之故，致禄甚厚，设我于卿。石三朝必尽言而言，无行，是以去之也。卫君无乃以石为狂乎？"子墨子曰："去之苟道，受狂何伤！"（同《耕柱第四十六》）

子墨子怒耕柱子。耕柱子曰："我勿愈于人乎？"子墨子曰："我将上太行，驾骥与羊，子将谁驱？"耕柱子曰："将驱骥也。"子墨子曰："何故驱骥也？"耕柱子曰："骥足以责。"子墨子曰："我亦以子为足以责。"（同上）

子墨子谓骆滑氂曰："我闻子好勇。"骆滑氂曰："然。我闻其乡有勇士焉，吾必从而杀之。"子墨子曰："天下莫不欲与其所好，度其所恶。今子闻其乡有勇士焉，必从而杀之，是非好勇也，是恶勇也。"（同上）

子墨子游公尚过于越。公尚过说越王，越王大悦，谓公尚过曰:"先生苟能使子墨子于越而教寡人,请裂故吴之地方五百里,以封子墨子。"公尚过许诺。遂为公尚过束车五十乘,以迎子墨子于鲁。(同《鲁问第四十九》)

高何、县子石,齐国之暴者也,指于乡曲,学于子墨子。索卢参,东方之巨狡也,学于禽滑厘。此六人者,刑戮死辱之人也。今非徒免于刑戮死辱也,由此为天下名士显人,以终其寿。王公大人从而礼之,此得之于学也。(《吕氏春秋·孟夏纪第四·尊师》篇)　按,此篇并举子张、颜涿聚、段干木,故称六人。子张性格已见上。颜涿聚、段干木,虽亦儒者,但非孔门高弟,不足以代表儒家,故不引。

随巢子,墨子弟子。墨子之术尚俭,随巢子传其术,著书六篇。(《史记自序正义》引韦昭说及《汉书·艺文志》)

胡非子,墨子弟子,著书三篇。(《汉书·艺文志》)

胡非子修墨以教。有屈将子好勇,闻墨者非斗,带剑危冠,往见胡非子,劫而问之曰:"将闻先生非斗,而将好勇,有说则可,无说则死。"胡非子曰:"吾闻勇有五等。夫负长剑,赴榛薄,析虎豹,搏熊罴,此猎徒之勇也。负长剑,赴深泉,斩蛟龙,搏鼋鼍,此渔人之勇也。登高陟危,鹄立四望,颜色不变,此陶匠之勇也。剺必刺,视必杀,此五刑之勇也。昔齐桓公以鲁为南境,鲁公忧之,三日不食。曹刿闻之,触齐军,见桓公曰:'臣闻君辱臣死,君退师则可,不退则臣请击颈以血溅君矣。'桓公惧,不知所措。管

仲乃劝与之盟而退。夫曹刿匹夫徒步之士，布衣柔履之人
也，唯无怒，一怒而劫万乘之师，存千乘之国。此谓君子之
勇，勇之贵者也。……五勇不同，公子将何处？"屈将悦，
称善。乃解长剑，释危冠，而请为弟子焉。(《太平御览》
四百九十六、四百九十七卷引胡非子佚文。此段据孙诒让《墨
家诸子钩沉》转载)

以上所举墨门诸子，禽滑厘为严正之军人，其实行力之
强与墨子略等。《庄子·天下》篇、《吕氏春秋·当染》篇，皆
以禽滑厘与墨子并称，其德望之高可知矣。其人长于军事学，
《墨子》七十一篇中，《备城门》以下二十篇，皆为禽子作也。
高石子为守义之高士，耕柱子为墨门之高才生，公尚过为墨门
之政治家，高何、县子石，为墨门之壮夫，随巢子、胡非子，
为墨门之学者，皆墨子直传弟子也。索卢参、屈将子，亦墨门
之壮士，则再传弟子也。骆滑氂亦壮者，其与墨子关系如何，
不得而知，然固尝受墨子之教，亦可列于弟子也。

儒家之继承道统者称大儒。

荀子曰："彼大儒者，虽隐于穷阎漏屋，无置锥之地，
而王公不能与之争名；在一大夫之位，则一君不能独畜，一
国不能独容，成名况乎诸侯，莫不愿得以为臣。用百里之
地，而千里之国，莫能与之争胜；笞捶暴国，齐一天下，而

莫能倾也。是大儒之征也。其言有类，其行有礼，其举事无悔，其持险应变曲当。与时迁徙，与世偃仰，千举万变，其道一也。是大儒之稽也。其穷也，俗儒笑之；其通也，英杰化之，嵬琐逃之，邪说畏之。通则一天下，穷则独立贵名，天不能死，地不能埋，桀跖之世不能污，非大儒莫之能立，仲尼、子弓是也。"（《儒效篇第八》）

墨家之继承道统者称钜子。

　　庄子曰："以巨子为圣人，皆愿为之尸，冀得为其后世。" 郭象注云："巨子，最能辩其所是，以成其行。"《释文》："巨，向秀崔谯本作钜。向云：'墨家号其道理成者为钜子，若儒家之硕儒。'"（《天下第三十三》）

　　《吕氏春秋》曰："墨者以为不听钜子。"（《离俗览第七·上德》篇）

　　孔子卒后，弟子曾子，再传弟子子思（孔子之孙受业于曾子），四传弟子孟子（《史记列传》曰："孟轲，驺人也，受业子思之门人。"），相继绍述道统。曾子作《大学》，子思作《中庸》，孟子作《孟子》，皆学者也。墨子卒后，其绍述道统者之世系未详。然《吕氏春秋·去私》篇所载之墨者钜子腹䵍，《上德》篇所载之墨者钜子孟胜，其著作不见经传，其事迹略记于本章第五节，皆轻死生，重然诺，守纪律，崇义侠，饶有英雄气概。《上德》篇所载之田襄子，其事迹著述，俱不见经传，然孟胜称之曰贤者，其必富于义侠之气可知矣。

概而言之，儒教徒之本色曰中庸，墨教徒之本色曰不凡。儒教中多蹈常习故之士，墨教中多破格敢为之人。前者不脱书生气息，后者饶有英雄气概。前者之流弊为迂腐，后者之流弊为粗犷。是在学者之善择也已。

第五节　儒墨学说之传播

孔子、墨子卒后，其弟子承其学说，而发挥光大之，于是其学大盛。

《吕氏春秋》曰："子贡、子夏、曾子学于孔子，田子方学于子贡，段干木学于子夏，吴起学于曾子。禽滑厘学于墨子，许犯学于禽滑厘，田系学于许犯。孔墨之后学显荣于天下者众矣，不可胜数，皆所染者得当也。"（《仲春纪第二·当染》篇）

《庄子》曰："相里勤之弟子，五族之徒，南方之墨者，若获、已齿、邓陵子之属，俱诵墨经，而倍谲不同，相谓别墨。以坚白同异之辩相訾，以奇偶不仵之辞相应。"（《天下第三十三》）

《荀子》曰："弟作其冠，神襌其辞，禹行而舜趋，是子张氏之贱儒也。正其衣冠，齐其颜色，嗛然而终日不言，是子夏氏之贱儒也。偷儒惮事，无廉耻而耆饮食，必曰君子固不用力，是子游氏之贱儒也。"（《非十二子第六》）

《韩非子》曰："自孔子之死也，有子张之儒，有子思之儒，有颜氏之儒，有孟氏之儒，有漆雕氏之儒，有仲良氏之儒，有孙氏之儒，有乐正氏之儒。自墨子之死也，有相里氏之墨，有相夫氏之墨，有邓陵氏之墨。故孔墨之后，儒分为八，墨离为三。"（《显学第五十》）

《史记》曰："自孔子卒后，七十子之徒，散游诸侯，大者为师傅卿相，小者友教士大夫。……故子路居卫，子张居陈，澹台子羽居楚，子夏居西河，子贡终于齐。如田子方、段干木、吴起、禽滑厘之属，皆受业于子夏之伦为王者师。"（《儒林列传》）

盖自春秋末年以至战国初年，儒学大行，遍布于黄河中流下流流域，南及扬子江流域，派别甚多，皆尊孔子为先师。至战国中年以后，墨学起而与之抗，其徒遍布于南北各地，派别亦不少，其实行力之强在儒教徒以上。

孟子曰："逃墨必归于杨，逃杨必归于儒。"（《尽心下》）

《吕氏春秋》曰："此二士者，无爵位以显人，无赏禄以利人，举天下之显荣者，必称此二士也。皆死久矣，从属弥众，弟子弥丰，充满天下。王公大人从而显之，有爱子弟者随而学焉，无时乏绝。"（《仲春纪第二·当染》篇）

韩非子曰："天下之显学，儒墨也。"（《显学第五十》）

盖在战国末年时代，儒墨学说之势力，在社会上殆相等焉。顾何以经秦及汉，儒教学说之势力骤张，至西汉武帝时，遂统一中国思想界；墨教在西汉初年，势力犹盛，至中叶以后，忽然中绝者，吾推其原因，厥有二端。

一、内部之原因

墨学之实行，最要莫如轻死生。

鲁人有因子墨子而学其子者，其子战而死，其父让子墨子。墨子曰："子欲学子之学，今学成矣，战而死而子愠，是犹欲粜，粜售则愠也。岂不费哉？"（《墨子·鲁问第四十九》）

墨者钜子孟胜，善荆之阳城君。阳城君令守于国，毁璜以为符，约曰："符合听之。"荆王薨，群臣攻吴起兵于丧所，阳城君与焉，荆罪之。阳城君走，荆收其国。孟胜曰："受人之国，与之有符，今不见符，而力不能禁，不能死不可。"其弟子徐弱谏曰："死而有益于阳城君，死之可矣。无益也，而绝墨者于世，不可。"孟胜曰："不然。吾于阳城君，非师则友也，非友则臣也。不死，自今以来，求严师必不于墨者矣，求贤友必不于墨者矣，求良臣必不于墨者矣。死之所以行墨之义而继其业也。我将属钜子于宋之田襄子。田襄子贤者也，何患墨者之绝世也？"徐弱曰："若夫子之言，弱请先死以除路。"还殁头前于孟胜。因使二人传钜子于田襄子。孟胜死，弟子死之者百八十三人。二人已致令于田襄子，欲反死孟胜于荆。田襄子止之曰："孟子已传钜子于我矣。"不听，遂反，死之。墨者以为不听钜子。（《吕氏春秋·离俗览第七·上德》篇）

　　墨者有钜子腹䵍，居秦，其子杀人。惠王曰："先生之年长矣，非有他子也，寡人已令吏弗诛矣！先生之以此听寡人也。"腹䵍对曰："墨者之法曰：'杀人者死，伤人者刑。'此所以禁杀伤人也。夫禁杀伤人者，天下之大义也。王虽为之赐而令吏弗诛，腹䵍不可其不行墨者之法。"不许惠王而遂杀之。（同《孟春纪第一·去私》篇）

　　《淮南子》曰："墨子服役者百八十人，皆可使赴火蹈刃，死不还踵，化之所致也。"（据孙诒让《墨子间诂·墨学传授考》转载）

次则忍苦痛。

庄子曰：“墨子独生不歌，死不服，桐棺三寸而无椁，以为法式。以此教人，恐不爱人。以此自行，固不爱己。……其生也勤，其死也薄，其道大觳。使人忧，使人悲，其行难为也！恐其不可以为圣人之道。反天下之心，天下不堪。墨子虽能独任，奈天下何？”（《天下第三十三》）

又曰：“墨者多以裘褐为衣，以跂跷为服，日夜不休，以自苦为极。”（同上）

韩非子曰：“墨者之葬也，冬日冬服，夏日夏服，桐棺三寸，服丧三月，世以为俭而礼之。”（《显学第五十》）

纯持利他主义。

孟子曰：“墨子兼爱，摩顶，放踵，利天下，为之。”（《孟子·尽心上》）

庄子曰：“墨翟、禽滑厘之意则是，其行则非也。……宋钘、尹文闻其风而悦之。……见侮不辱，救民之斗；禁攻寝兵，救世之战。以此周行天下，上说下教。虽天下不取，强聒而不舍者也。故曰，上下见厌而强见也。虽然，其为人太多，其自为太少，曰请欲固置五升之饭足矣，先生恐不得饱。弟子虽饥，不忘天下，日夜不休。”（《天下第三十三》）

是故非有赴汤蹈火之勇气，忍饥耐寒之毅力，百折不回之崛强心，不足以传墨学。儒学则祖述尧舜，宪章文武（据《中庸》第三十章），在先师虽有改制法后之精神，在后学可以抱残守缺为尽责。是故言训诂学者可以自附焉，两汉说经之儒多此类也。言注疏学者可以自附焉，三国、两晋、南北朝、隋唐时代说经之儒多此类也。言性理学者可以自附焉，宋儒、明儒多此类也。言考据校勘学者可以自附焉，清代说经之儒多此类也。言典章制度文物学者可以自附焉，历代之儒属于此类者，尤指不胜屈也。至若蜀汉之诸葛忠武侯，宋之王荆国文公，本兼治法学家言；北宋之周濂溪、邵康节，本兼治老学家言；南宋之陆象山，明之王文成，本兼治禅学家言；后人震于其学说及事功，以为非举之入孔庙，列于先贤先儒之内，不足以表示尊敬崇拜之意。于是诸贤遂以非纯儒而列入儒林，儒学之势力范围，扩张至于儒学以外学者之头衔上；而名义上之儒，又多于实际之儒；使死者有知，诸贤当必哑然失笑矣。盖墨学家多奇言奇行，儒学家多庸言庸行；天下庸人多，奇人少，此墨学所以中绝，而儒学所以大昌也。

二、外部之原因

儒教之势力扩张，由于自力者半，由于他力者亦半。自力者，孔门直系弟子推行传播之功；他力者，历代各国帝王提倡奖励之力也。魏文侯受经于子夏，继以段干木、田子方，于是儒教始大于西河。文侯初置博士官，实为以国力推行儒学之始。

秦始皇统一中国，承魏制，置博士官。伏生、叔孙通、张苍，史皆称其故秦博士。盖始皇虽焚书坑儒，固未尝与儒学家全体为仇也。

儒教严等差，贵秩序，而措而施之者归结于君权。虽有大同之义、太平之制，而密勿微言，闻者盖寡。其所以干七十二君，授三千弟子者，大率皆上天下泽之大义，扶阳抑阴之庸言，于帝王驭民最为适合。故霸者窃取而利用之，以宰制天下。汉高帝早年最恶儒，有儒冠者辄溲溺之，其吐弃之也至矣。而郦食其、叔孙通、陆贾等皆深自贬抑，包羞忍辱以从之。及天下既定，诸将争夺喧哗，引为深患。叔孙通乃缘附古制，为草朝仪，导之使知皇帝之贵；然后信孔学之真有利于人主。陆贾献《新语》，益知马上之不可以治天下，于是过鲁以太牢祀孔子，喟然兴学，以贻后昆。盖前此则儒教可以为之阻力，后此则儒教可以为之奥援也。

汉武帝以雄才大略之主，即位以后，诏举贤良方正直言极谏之士，以当时名儒广川董仲舒为江都相，表章六艺，罢黜百家，凡非在六艺之科者绝勿进。旋以窦婴为丞相，田蚡为太尉，赵绾为御史大夫，王臧为郎中令，迎老儒申公于鲁，设明堂，制礼作乐，文致太平。太皇太后窦氏好黄老言，不悦儒术，求绾臧阴事，以让帝，下绾臧吏，二人皆自杀，免婴蚡官，申公亦以病罢归。已而太后崩，复以蚡为丞相，兴学校，置五经博士，令郡国举孝廉，设明经射策之科。公孙弘以缘饰儒术，起家布衣，封侯，拜相。自兹以往，儒学之尊严迥绝百流，二千年来国教之局乃始定矣。

墨学自墨子卒后，历代钜子承其教义，以抑强扶弱为宗旨，专与强者为仇，演成游侠一派。楚之攻宋也，墨子之徒赴其难而死者七十二人，皆非有所为而为者也，殉其主义而已。战国末年，齐孟尝君田文，魏信陵君公子无忌，赵平原君公子胜，楚春申君黄歇，各养士数千人，其中虽杂有鸡鸣狗盗之徒，而亦不乏轻死生重然诺之士。若当时魏之侯嬴、朱亥，赵之毛遂，后世卫之荆轲、燕之田光、高渐离，秦初沧海君之力士，汉初故齐王田横客五百余人，以及鲁人朱家，洛阳人剧孟，轵人郭解等，其心思之巧，手段之辣，律己之严，赴义之勇，徒党之众，团结力之固，无一不足为游侠列传生色；实则皆吸墨学家之流风余韵者也。此等危险人物最不利于专制君主，故历代君主多草薙而禽狝之，至汉武帝以后殆绝迹矣。

第八章 结论

综合以上所述，约得断定如下：

1. 儒家尊天，墨家亦尊天。此学说之同者一。

2. 儒家尊天多从消极方面着想，墨家尊天多从积极方面着想。此学说之异者一。

3. 儒家敬鬼神，墨家亦敬鬼神。此学说之同者二。

4. 儒家理想之鬼神为抽象的，墨家理想之鬼神为具体的。此学说之异者二。

5. 儒家安命，墨家非命。此学说之异者三。

6. 儒家不言祸福，墨家专言祸福。此学说之异者四。

就宗教观念方面观之，则墨家色彩重也。

7. 儒家言仁，墨家言爱。此学说之同者三。

8. 儒家言仁，含有阶级，施行之际，由近及远，由尊及卑。墨家言爱，不含有阶级，施行之际，一切人类皆平等，无远近尊卑之差。此学说之异者五。

9．儒家言义，墨家言利。儒家常以仁义并称，墨家常以爱利并称。此学说之异者六。

10．儒家提倡礼乐，墨家非难礼乐。此学说之异者七。

就道德方面观之，则儒家主张责任道德，墨家鼓吹实利主义；儒家为贤人君子说法，墨家为一般世人说法也。

11．儒家理想中国家之起源，为家族式的。墨家理想中国家之起源，为民约论的。此学说之异者八。

12．儒家理想之主权者，为家长式的。墨家理想之主权者，为总统式的。此学说之异者九。

13．儒家对于君权，认为相对的尊严。墨家则认为绝对的神圣不可侵犯。此学说之异者十。

14．儒家以天限制君权，墨家亦以天限制君权。此学说之同者四。

15．儒家以民为天之代表，墨家无此思想。此学说之异者十一。

16．儒家以道德治国，墨家以法治国。此学说之异者十二。

17．儒家理想之社会，含有阶级制度，以亲亲、贵贵、尊贤、尚齿为标准。墨家理想之社会，为平等制度，以尚贤为标准。此学说之异者十三。

18．儒家以食为国家命脉，墨家亦以食为国家命脉。此学说之同者五。

19．儒家谓生计问题，与国民道德有密切关系。墨家亦谓生计问题，与国民道德有密切关系。此学说之同者六。

20．儒家之经济学说，计较生利分利两者之多寡。墨家之经济学说，亦计较生利分利两者之多寡。此学说之同者七。

21．儒家之经济观念，以土地、劳力、资本为元素，提倡井田之法。墨家之经济观念，以劳力为独一无二之生产要素，主张增加人口、讲求卫生、爱惜时日。此学说之异者十四。

22．儒家之经济政策，多从消极方面着想。墨家之经济政策，多从积极方面着想。此学说之异者十五。

23．儒家反对战争，墨家亦反对战争。此学说之同者八。

24．儒家之反对战争，恶其不仁也。墨家之反对战争，以其不利也。此学说之异者十六。

25．儒家以教育为终身事业，墨家亦以教育为终身事业。此学说之同者九。

26．儒家善于因材施教，墨家主张强聒不舍。此学说之异者十七。

27．儒家之教育主义，含有几分阶级思想，所游说者为王公大人，所启发者为聪明俊秀之士，而蠢蠢蚩蚩者不与焉。墨家之教育主义，一切平等，不问其人之身份如何，才力如何，同与以相当之待遇。此学说之异者十八。

28．儒家为帝王，为士大夫，为学者，为贤人、君子说法，其教义比较为高深的，为不普遍的。墨家为一般世人说法，其教义比较为浅近的，为通俗的。此学说之异者十九。

以上所举二十八条，为儒墨学说之异同，计同者九，异者十九。

29．儒家好古，墨家亦好古。儒家好引证古人事迹，以发表自己之意见，墨家亦然。此理想之同者一。

30．儒家推崇尧、舜、禹、汤、文、武为模范君主，墨家亦然。此理想之同者二。

31．儒家谓汤武不及尧舜，墨家亦以为今不如古，近古不如上古。此理想之同者三。

32．儒家理想中之贤相，为舜、禹、稷、契、皋陶、伯益、伊尹、仲虺、傅说、太公、周公、泰颠、闳夭、散宜生、南宫括等，墨家亦然。此理想之同者四。

33．儒家理想中之暴君为桀、纣、幽、厉，墨家亦然。此理想之同者五。

34．儒家所以非难桀纣幽厉者，为其不仁也。墨家则于"富贵为暴，贱傲万民"之外，加以"诟天，侮鬼，执有命"之罪。此理想之异者一。

35．儒家理想之奸臣，有权奸、佞倖二种。墨家只有佞倖一种。此理想之异者二。

36．儒家理想之佞倖为飞廉，助纣为虐者也。墨家理想之佞倖为干辛、推哆，助桀为虐者也；崇侯、恶来，助纣为虐者也；厉公长父、荣夷终，助厉王为虐者也；傅公夷、蔡公穀，助幽王为虐者也。此理想之同者六。

37．儒家理想之教主，为尧、舜、禹、汤、文、武，墨家亦然。此理想之同者七。

38．孔子理想之教主，于尧、舜、禹、汤、文、武之外，加入周公。孟子理想之教主，于尧、舜、禹、汤、文、武、周公之外，加入孔子。后儒理想之教主，于尧、舜、禹、汤、文、武、周公、孔子之外，加入孟子。墨子理想之教主，则限于尧、舜、禹、汤、文、武。此理想之异者三。

39．儒家效法尧舜，墨家效法大禹。此理想之异者四。

40．儒家不推重高士，墨家亦然。此理想之同者八。

41．儒家理想中之模范高士，为伯夷、伊尹、太公、柳下惠。墨家理想中之模范高士，为舜、益、伊尹、傅说、闳夭、泰颠，皆具有天民、大人二资格，用之则行，舍之则藏，非纯粹之高士也。此理想之同者九。

42．儒家好援引古人学说，断章取义，以附会自己学说，墨家亦然。此理想之同者十。

43．儒家好引用《诗》《书》，墨家亦好引用《诗》《书》。此理想之同者十一。

44．儒家好引正诗正书，墨家好引逸诗逸书。此理想之异者五。

45．儒家尊重鲁之《春秋》，墨家杂引各国史书。此理想之异者六。

46.儒家尊重《易经》，墨家不言《易经》。此理想之异者七。

47.儒家重卜筮，墨家亦重卜筮。此理想之同者十二。

48.儒家尊重《礼记》，墨家排斥《礼记》。此理想之异者八。

以上所举二十条，为儒墨理想之异同，计同者十二，异者八。

49.孔子、墨子俱生于鲁，孟子生于邹，皆黄河下流流域之弱小国。此事迹之相似者一。

50.孔子少孤，家贫，育于母。孟子亦少孤，家贫，育于母。墨子少时之事迹未详，然固非家世富豪者。此事迹之相似者二。

51.孔子为宋之公族，孟子为鲁之公族，墨子之家世未详（据《墨子间诂·墨子传略》，引《通志·氏族略》，引《元和姓纂》云："墨氏，孤竹君之后。本墨台氏。后改为墨氏。"），然固非贵族出身者。此事迹之不相似者一。

52.孔子生于春秋中年，墨子生于战国初年。此事迹之不相似者二。

53.孔子少时，尝适周，问礼于老子（据《史记·孔子世家》），墨子尝学于史角之后（据《吕氏春秋·仲春纪·当染》篇）。此事迹之相似者三。

54．孔子尝仕鲁，为中都宰，进司空，又为大司寇，摄行相事。孟子尝仕齐梁，为客卿。墨子亦尝仕宋，为大夫。此事迹之相似者四。

55．孔子尝相鲁定公，会齐景公于夹谷，使齐人归鲁郓、汶阳、龟阴之田（据《史记·孔子世家》），墨子亦尝为宋郤楚师。此事迹之相似者五。

56．孔子生平，历游周、齐、卫、宋、陈、蔡、楚等国。孟子生平，历游齐、梁、宋、滕、薛等国。墨子生平，历游齐、卫、宋、魏、越、楚等国。此事迹之相似者六。

57．孔子适齐，为高昭子家臣，欲以通乎景公；适卫，见南子；鲁大夫季氏之家臣公山不狃以费畔，晋大夫赵氏之家臣佛肸以中牟畔，召孔子，孔子皆欲往，未免急于功名。墨子在郢，却楚惠王之封；在鲁，谢越王之聘，殊觉淡于荣利。此事迹之不相似者三。

58．孔子尝被围于匡，绝粮于陈，遭桓魋之难于宋。墨子当宋司城皇喜专政时，亦尝见囚（据《韩非子·内储说下》篇、《外储说右下》篇及《史记·邹阳传》）。此事迹之相似者七。

59．孔子生平，以教授为业，弟子甚众，身通六艺者七十有七人（据《史记·仲尼弟子列传》《孔子家语·七十二弟子解》）。墨子生平，亦以教授为业，徒属弟子，充满天下（据《吕氏春秋·当染》篇）。此事迹之相似者八。

60．孔子之得意弟子为颜渊，系纯粹学者。墨子之得意弟子为禽滑厘，系严正军人。此事迹之不相似者四。

61．孔门弟子具有英雄气概者为子路，屡受孔子非难。墨门弟子具有英雄气概者为禽滑厘，特蒙墨子嘉许。此事迹之不相似者五。

62．孔子卒后，儒分为八。墨子卒后，墨离为三。此事迹之相似者九。

63．孔门之大儒绍述道统者为曾子、子思、孟子，皆学者。墨门之钜子绍述道统者为腹䵍、孟胜、田襄子，皆豪侠。此事迹之不相似者六。

64．孔子长于经学、史学、礼学、乐学、诗学，晚年尝删诗书，定礼乐，赞周易，修春秋，门人述其学说，作《论语》二十篇，其中多庸言庸行。墨子长于史学、论理学、物理学、军事学、军械学，门人纂辑其学说，作《墨子》七十一篇，其中多奇言奇行。此事迹之不相似者七。

65．孔子好礼，其生平之言语、态度，因人、因地、因时而异。墨子持平民主义，万民平等，一切务为简略。此事迹之不相似者八。

66．孔子对于饮食、衣服颇讲求。墨子之饮食、衣服皆粗恶。此事迹之不相似者九。

67．孔子生于周灵王二十一年（西历纪元前五五一年），卒于周敬王四十一年（西历纪元前四七九年），年七十三岁。孟子生于周烈王四年（西历纪元前三七二年），卒于周赧王二十六年（西历纪元前二八九年），年八十四岁。墨子生卒年月无可考。清儒孙诒让作《墨子传略》，据《墨子》本书及先秦诸子书所载墨子之事迹，推定墨子生时当在周贞定王初年（贞定王即位之年为西历纪元前四六八年），卒时在周安王末年（安王在位二十六年崩，其崩年为西历纪元前三七六年），年约八九十岁。三人俱臻寿考。此事迹之相似者十。

以上所举十九条，为儒墨教祖事迹之异同，计相似者十，不相似者九。

就以上所举各节，比较对照，最耐人吟味之点有三：

一、孔墨学说之根据多相似，而研究所得之结果多不同也。所祖述之圣帝、明王，同是尧、舜、禹、汤、文、武。所崇拜之良臣、贤相，同是舜、禹、稷、契、皋陶、伯益、伊尹、傅说、太公、周公。所引用之圣经、贤传，同是《诗》《书》《春秋》。所发表之议论，则格格不相入，所谓"仁者见之谓之仁，知者见之谓之知"（《易·系辞上传》第五章）也。

二、孔墨之师承颇相似，而相续者多不同也。孔子墨子少时，皆学于周之史官。墨子少时学儒，受孔子之术（据《淮南子·要略训》）。而孔门弟子多学者，墨门弟子多豪侠。孔门之绍述道统者，为敦诗说礼之纯粹君子。墨门之绍述道统者，乃杀身成仁之节烈丈夫也。

三、孔墨少年时代之经历多相似，而中年以后之嗜好多不同也。同是诞降于黄河下流流域弱小而家世华贵之国，同是生长于乱离之世，同是出身于寒微之家。而孔子好礼乐，墨子非礼乐。孔子急于功名，墨子淡于荣利。孔子对于饮食、衣服颇讲求，墨子对于饮食、衣服颇草率。所谓"凡事行其心所安，各是其所是，非其所非"也。

概而言之，孔孟为圣贤中之学者，墨子为圣贤中之英雄。孔孟学说多因袭，墨子学说多创造。孔孟学说多平凡，墨子学说多奇特。孔孟学说多中庸，墨子学说多怪僻。孔孟学说，寻常人物皆能奉行。墨子学说，非有精心毅力，热血至诚，肯牺牲个人以顾全社会者不能实践也。

孔孟为圣贤中之官僚派，墨子为圣贤中之豪杰派。孔孟学说宜于君主国体，墨子学说宜于共和国体。孔孟学说宜于专制政体，墨子学说宜于立宪政体。孔孟学说宜于阶级制度，墨子学说宜于平等制度。

使孔孟而得位行道，则制礼作乐，粉饰升平，其修身、齐家、治国、平天下主义，行仁政主义，将一一见诸实行，理想之唐虞郅治，成为实事。其结果则治化之隆，风俗之美，可以比隆于东汉。（此论一出，必有许多自命为圣人之徒者，来与著者为难，以为轻蔑孔孟。著者固亦孔孟百世以下之私淑弟子，非敢轻蔑教祖也。平心论之，有史以来，儒教全盛时代为东汉，其效果只于如此。儒教之能力，只能维持社会使小康，不能使世界进化至于大同也。唐虞成周之郅治，为儒家理想上之黄金世界。事实之真伪，固未能积极地一一用历史证明。读者不可为古人所欺，误以为实有其事也。）

　　使墨子而得位行道，则选贤与能，天下为公，其兼爱主义、实利主义、万民平等主义、君主民选主义，将一一见诸实行。现今美国之共和政治、俄国之劳农政治，或于二千年前，早已实现于中国。其结果影响于东亚各国者何若，影响于世界各国者何若，诚非我辈后生所能推测也。

　　孔孟以行道为目的，以得君为手段，周游列邦，席不暇暖，专心游说王公大人，谋在政界上占一相当位置，开后世士之一阶级。与农工商之从事于实业者，截然划为两途。是故学儒不成，圆滑者流为官僚，迂拙者流为学究，阴柔者流为乡愿，龌龊者流为鄙夫，狡猾者流为伪君子，风流放诞者流为文人、墨客、学士、才子。历代有名之儒与无名之儒，大都不出此六类。中国士大夫号称禄蠹，以混差事为目的，以误人子弟为职业，对于国家之兴亡、社会之隆替，漠不关心，而惟以保持自己个人位置，为唯一不二当务之急。此等极端之为我主义，实孔孟之干禄主义开之也。

　　墨子以行道为目的，以抑强扶弱为手段，开后世游侠一途。学墨不成，强梁者流为势豪，狙诈者流为大猾，狡桀者流为大盗。此类危险人物，西汉中叶以后已绝迹。然唐代小说《虬髯客传》（张说撰）、《红线传》（杨巨源撰）、《刘无双传》（薛调撰）、《剑侠传》（段成式撰），元代小说《水浒传》（施耐庵著或谓罗贯中著），所载之理想的人物与事实，为当时社会背影。其心思之巧、手段之辣、律己之严、赴义之勇，犹有古侠士面影。其替天行道主义、戕官救民主义、杀富济贫主义，隐然墨教徒之遗风也。

使孔孟而具有帝王思想，则率其弟子，周游天下，以与各国君主相周旋。其结果，或至招小人怨妒，与耶稣基督（Jesus Christus）同其最后之命运。因儒教以礼让为国，本不善于竞争也。使墨子而具有帝王思想，则率其弟子，横行天下，剪除民贼，救济万方，当然成相当之基业。其结果，或可博得一圣祖神宗徽号，与摩诃末（Muhammed，Mahammed，Mahommed，今人译作穆罕默德）同其命运。因墨教徒轻死生，重义侠，忍苦痛，守纪律，其实行力之勇、自信力之强、团结力之固，富于军人性质，远非儒教徒所能及也。

是故孔孟之不有天下，是不能也，因儒教教义，以帝王为主体，而自己甘心为其附属品，虽欲独立而有所不能故也。墨子之不有天下也，是不为也，非不能也。墨教教义，富于独立思想，与帝王始终立于敌体地位。有时与帝王结合，而以强力援助之；有时与帝王分离，而以强力反抗之。以自己为主体，尊重自己教义，并非生存于帝王之下故也。

是故末世之儒，可以为君主之弄臣，可以供权门之赏玩，可以做国家之装饰品，可以充豪族之娱乐品，而于世运之升降、社会之隆替无与焉。末世之墨，可以为君主之监督人，可以为权臣及豪族之惩罚者，可以为懦弱良民之保护者，可以为无辜受累之愚民之救济者。国家有此等人物，则虽当国法废坠之日，犹可借其辣腕，作惩一儆百之举，而暴君、乱臣、贼官、污吏，以有所忌惮，而不敢肆为兽行。社会中有此等人物，则虽当风俗凋弊之时，犹可借其特立独行之操，作振聩觉聋之举，而良懦者以有所保护，而得安其生；强暴者以有所儆戒，而不敢公然为恶。

惟其然也，故历代君主，对于儒教多表同情，而极力提倡之。对于墨教多怀恶感，而极力摧残之。儒教自孔子卒后，诸弟子极力推行，经秦及汉，遂定为国教。墨教自墨子卒后，诸弟子亦极力推行，经秦及汉，乃反至中绝。一兴一亡，非其教本义之优劣使然，乃帝王以己意为之，以人力助长之也。呜呼，儒教之盛行，可以维持一部分世道人心，使不至堕落达于极点。中国社会一时小康，中国之幸，亦即东亚各国开化之远因也。墨教之中绝，理想之大同主义同时消灭，而暴君察相，益以专制手段，束缚人心，使先民思想，无自由伸缩及自由发展之余地。中国之不幸，亦即东亚各国进步迟滞之远因也。"凡作事者，其创始也简，其将成也巨。"其谓是乎！其谓是乎！

虽然，儒教学说，虽流传至于今日，然其教义屡经改变，精神久已不完。墨教学说，虽久已中绝，然其精神犹留存于一部分人民之脑筋中，潜藏隐伏以至今日，乃得利用种种机会，借尸还魂而复活。

儒教经传，自经秦火以后，散佚殆尽。两汉之儒谈训诂，三国两晋南北朝隋唐之儒讲注疏，清儒研究校勘考据，是虽以抱残守缺为尽责，毫无发展及深造，然犹不失儒家本色也。自西汉末年，阴阳五行家学说流行，奉孔子为本尊，作七纬以配七经，牵制儒家学说以附会自己学说，提倡迷信以淆惑人心，而儒家之面目一变。隋唐时代，佛教哲学发达，其势力压倒儒教。宋儒明儒研究性理，提倡儒教哲学以抵抗佛教，牵制佛教学说以附会自己学说，而儒家之面目再变。有清末年，欧美学说输入中国，儒教之道德伦理即已根本动摇。民国成立以来，君臣一伦，随宣统帝之退位以消灭，儒教学说益失其根据。自命为文化运动之莘莘士子，乃明目张胆，公然攻击孔孟，肆口谩骂，毫无忌惮，乃至与村妇斗口，同其口吻，著者耻之。

而墨子学说，乃因种种机会，随外国学说之输入而复活。墨子之尊天主义、敬鬼主义、非攻寝兵主义，借儒教之余威，维持传播以至于今。此外各种学说，自西汉中叶以后，即已中绝。然墨子之兼爱主义，自东汉以后，佛教输入中国，慈悲之说流行，为第一次复活。有明以来，耶稣教输入中国，博爱之风流行，为第二次复活。墨子之抑强扶弱主义，自有清初年，明末之忠臣义士，组织秘密结社，如哥老会、天地会等以反对满洲政府，为第一次复活。有清末年，民国之创业先烈，如吴樾、徐锡麟、温生才等，输入日本之武士道、俄国之虚无主义，组织暗杀党，剪除满廷大臣，为第二次复活。墨子之尚贤主

义、尚同主义，自有清末年，民国创业先哲翻译欧美学说，输
入共和理想而复活。民国成立以来，实行共和政治而益复活。
现在自命为维新之莘莘士子、理想大家，方且鼓吹社会主义，
提倡劳农政治，率全国不学之人，步俄国过激党（Bolshaviki）
之后尘。然则将来新尚贤主义、新尚同主义之进步，必有突过
墨子理想以上之一日。假使墨子复生，必将欣慕艳羡，以为
"后生可畏"（《论语·子罕第九》孔子语），而自叹"老夫耄矣，
无能为也"（《左传·隐公四年》"卫人杀州吁于濮"条下石
碏语）也已。墨子之实利主义，随约翰·弥尔（John Stuart
Mill）之功利主义学说"在权界论（On Liberty）内"输入中
国而复活。墨子之非命主义，随赫胥黎（Huxley）之天演学
说（侯官严氏译为《天演论》）输入中国而复活。墨子之国家
观念，随卢梭（Rousseau）之民约学说（今人某译为《民约
论》)输入中国而复活。墨子之经济观念，随斯密·亚当(Adam
Smith)之经济学说(侯官严氏译为《原富论》)输入中国而复活。
墨子之非攻主义，自美国前任大总统威尔逊（Wilson）极力
提倡，现任大总统哈丁（Harding）继之，欧美各国政治家和
之。一九二一年十一月十一日，由美国发起，开太平洋会议于
美国华盛顿京城。凡与太平洋有关系诸国，皆遣使臣与会，议
决削减兵备，是为非攻主义实行之初步。墨子之论理学、物理
学、军事学、军械学各种学说，亦随欧美新知识输入中国而复
活。墨子之尊天主义，亦借犹太教、耶稣教势力，流行于全世

界。然则就目下形势而论,墨子学说之传播力,乃正如日出东方,光焰万丈,有普照全世界之观矣。

虽然,复活者其精神,已死者其躯壳。墨子遗著,仅有七十一篇,经历代兵燹,又丧失其十八篇。自战国时,儒教徒之孟子、荀子、董无心、孔子鱼等,相继著为论说,非难墨子。

孟子曰:"圣王不作,诸侯放恣,处士横议,杨朱墨翟之言盈天下。天下之言不归杨,则归墨。杨氏为我,是无君也。墨氏兼爱,是无父也。无父无君,是禽兽也。……杨墨之道不息,孔子之道不著,是邪说诬民,充塞仁义也。仁义充塞,则率兽食人,人将相食。吾为此惧,闲先圣之道,距杨墨,放淫辞,邪说者不得作。……能言距杨墨者,圣人之徒也。"(《孟子·滕文公下》)

荀子曰:"不知壹天下,建国家之权称,上功用,大俭约,而僈差等,曾不足以容辨异,悬君臣。然而其持之有故,其言之成理,足以欺惑愚众,是墨翟、宋钘也。"(《荀子·非十二子篇第六》)

《汉书·艺文志》载:"董子一篇,名无心,难墨子。"其书今亡。

子鱼,名鲋,孔子八世孙,生于战国末年。秦并六国,召鲋为鲁国文通君,拜少傅。始皇焚书,鲋与其弟子襄,归藏书壁中,隐居嵩山之阳。陈胜起兵,聘鲋为博士。鲋以目疾辞，退而搜辑仲尼以下，子思伋、子上帛、子高穿、子顺慎之言行，列为六卷，分十九篇。末附注墨一篇，专反驳墨子《非儒》篇议论，共二十篇，名曰《孔丛子》。其文软弱，不类西京，多似东汉人语。《汉书·艺文志》亦不载其书名，说者疑为东汉时孔氏子孙之伪造也。（据《史记·孔子世家》及李燫《孔丛子·序》）

汉晋以降，其学几绝，而书仅存。然治之者殊少，故脱误尤不可校。而古音古字，转多沿袭未改，非精究形声通段之原，无由通其读也（撮录孙诒让《墨子间诂·序》）。西晋时，代人鲁胜，曾作《墨辨注》，其书久佚，其叙仅存（据《晋书卷六十四·隐逸传》"鲁胜"条下）。唐儒韩愈始言："辩生于末学，各务售其师之说，非二师之道本然也。孔子必用墨子，墨子必用孔子，不相用，不足为孔墨"（据《昌黎集卷十一·读墨子》篇）云云。是为儒家取调和主义为墨子□□之始。清儒镇洋毕沅始为之注，藤县苏时学复刊其误。自是以后，研究雠校之者渐多，墨子之书稍稍可读。瑞安孙诒让复会集群说，著《墨子间诂》。凡诸家之说，是者从之，非者正之，阙略者补之（撮录俞樾、孙诒让《墨子间诂·序》）。于是墨学遗骸，遂如博物馆中所陈列之木乃伊，重复完整出现于世界。今人新会梁启超复会集历来学说，参以近代新知识，作《墨子学案》，用科学的眼光，以解释墨子。凡墨子学说，与西洋古代学说有何种关系，与西洋现代学说有何种关系，墨子理想影响于现代思潮者何若，影响于将来思潮者何若，一一详加解析。于是墨学遗骸，遂如神女再世，灵光普照大地矣。

虽然，墨子学说自经孟子排斥以后，久为儒教徒所不齿，中间惟韩文公一人为之辩护，然已受宋儒攻击。

　　　王安石诗曰："孔墨必相用，自古宁有此？"

　　　伊川先生曰："或问退之读墨一篇如何？曰：此一篇意亦甚好，但言不谨严，便有不是处。至若言孔子尚同兼爱，与墨子同，则甚不可也。"（以上二条据《昌黎集·读墨子》篇注转载）

《四库全书总目》亦非难之。

　　　墨家者流，史罕著录，盖以孟子所辟，无人肯居其名。然佛氏之教，其清净取诸老，其慈悲则取诸墨。韩愈《送浮屠文畅序》，称"儒名墨行，墨名儒行"。以佛为墨，盖得其真。而《读墨子》一篇，乃称"墨必用孔，孔必用墨"。开后人三教归一之说，未为笃论。特在彼法之中，能自啬其身，而时时利济于物，亦有足以自立者。故其教得列于九流，而其书亦至今不泯耳。（据《墨子间诂·附录》转载）

镇洋毕氏，始取韩非子、韩文公学说，为之昭灵。

世之讥墨子，以其节葬、非儒。说墨者既以节葬为夏法，特非周制，儒者弗用之。非儒则由墨氏弟子尊其师之过。其称孔子讳及诸毁词，是非翟之言也。案他篇，亦称"孔子"，亦称"仲尼"，又以为"孔子言亦当而不可易"，是翟未尝非孔。……至孟子始云："能言距杨墨者，圣人之徒。"又云："杨墨之道不息，孔子之道不著。"盖必当时为墨学者，流为横议。或类《非儒》篇所说，孟子始嫉之。故《韩非子·显学》篇云："墨离为三，取舍相反不同，而皆自谓真孔墨。"韩愈云："辨生于末学，各务售其师之说，非二师之道本然。"其知此也。（毕注《墨子·序》）

扬州汪氏，又取吕不韦、韩非子学说，为之辨白。

《传》曰："世之学老子者则绌儒学，儒学亦绌老子。"惟儒墨则亦然。儒之绌墨子者，孟氏、荀氏。……后之君子，日习孟子之说，而未睹《墨子》之本书。其以耳食，无足怪也？世莫不以其诬孔子为墨子罪。虽然，自今日言之，孔子之尊，固生民以来所未有矣。自当日言之，则孔子鲁之大夫也，而墨子宋之大夫也。其位相埒，其年又相近，其操术不同，而立言务以求胜，虽欲平情核实，其可得乎？是故墨子之诬孔子，犹孟子之诬墨子也，归于"不相为谋"(《论语·卫灵公第十五》)而已矣。吾读其书，……至其述尧舜，陈仁义，禁攻暴，止淫用，感王者之不作，而哀生人之长勤，百世之下，如见其心焉。《诗》所谓"凡民有丧，匍匐救之"(《诗·邶风·谷风》篇)之仁人也。其在九流之中，惟儒足与之相抗。自余诸子，皆非其比。历观周汉之书，凡百余条，并孔墨、儒墨对举。杨朱之书，惟贵放逸，当时亦莫之宗。跻之于墨，诚非其伦。自墨子没，其学离而为三，徒属充满天下。吕不韦再称钜子(《去私》篇、《尚德》篇)，韩非谓之显学，至楚汉之际而微(《淮南子·氾论训》)。孝武之世犹有传者，见于司马谈所述，于后遂无闻焉，惜夫！以彼勤生薄死，而务急国家之事，后之从政者，固宜假正议以恶之哉。(汪中《墨子叙》据《墨子间诂·附录》转载)

瑞安孙氏，又引庄子学说，为之表彰。

墨子身丁战国之初，感怖于犷暴淫侈之政，故其言谆谆复深切，务陈古以剀今。亦喜称道《诗》《书》，及孔子所不修《百国春秋》。惟于礼则右夏左周，欲变文而反之质，乐则竟屏绝之，此其与儒家四术六艺必不合者耳。至其接世，务为和同，而自处绝艰苦，持之太过，或流于偏激，而非儒尤为乖戾。然周季道术分裂，诸子舛驰。荀卿为齐、鲁大师，而其书《非十二子》篇，于游、夏、孟子诸大贤，皆深相排笮。洙泗龂龂，儒家已然，墨儒异方，跬武千里，其相非宁足异乎？综览厥书，释其纰驳，甄其纯实可取者，盖十六七。其用心笃厚，勇于振世救敝，殆非韩吕诸子之伦比也。庄周《天下》篇之论墨氏曰："不侈于后世，不靡于万物，不晖于数度，以绳墨自矫，而备世之急。"又曰："墨子真天下之好也，将求之不得也，虽枯槁不舍也，才士也夫！"斯殆持平之论与！（孙诒让《墨子间诂·序》）

新会梁氏复明目张胆，大声急呼，引为救时之良药。

梁启超曰："今举中国皆杨也，有儒其言而杨其行者，有杨其言而杨其行者，甚有墨其言而杨其行者，亦有不知儒，不知杨，不知墨，而杨其行于无意识之间者。呜呼！杨学遂亡中国。今欲救之，厥为墨学。"（《墨子学案·叙论》）

于是墨学之声望骤高，墨子之真面目，始渐为世人所注意。然儒教统一中国思想界已久，人人皆有先入为主之见，对于后起之墨学，常有格格不相入之势。即毕秋帆、孙仲容诸先生，亦未尝以墨家与儒家相提并论也。桐龄幼读四子书，粗解其义。弱冠经戊戌之变，学读西洋书报杂志，始渐觉儒教教义，有许多不合于当时时势者。壮年以后，学读《墨子》，见其议论透辟，见解精到，多有为儒家所不能言，不肯言或不敢言者，而多适合于现在时势，颇欲发大心愿，从事研究。以岁月倥偬，诸事蝟集，尚未暇也。本年正月，奉业师市村瓒次郎先生之命，比较儒墨之异同，乃以四书、五经、三传及《墨子》五十三篇与先秦诸子学说中之关于儒墨之议论为根据，窃取古人及现代诸家学说，参以鄙意，列举其学说、理想及事迹上异同之点，笔之于书，以供后来研究儒墨学说诸公之参考。著者对于中国哲学，完全系门外汉，疏漏错误之处，在所难免，大雅君子，有以指教之，幸甚。

中华民国十一年即西历纪元一千九百二十二年四月二十七日，王桐龄自跋于日本东京帝国大学附属图书馆。